Deseo™

Una mujer nueva

KATHERINE GARBERA

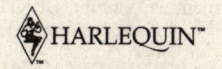

HARLEQUIN™

Editado por HARLEQUIN IBÉRICA, S.A.
Núñez de Balboa, 56
28001 Madrid

© 2009 Harlequin Books S.A. Todos los derechos reservados.
UNA MUJER NUEVA, N.º 55 - 21.7.10
Título original: Taming the Texas Tycoon
Publicada originalmente por Silhouette® Books.

Todos los derechos están reservados incluidos los de reproducción, total o parcial. Esta edición ha sido publicada con permiso de Harlequin Enterprises II BV.
Todos los personajes de este libro son ficticios. Cualquier parecido con alguna persona, viva o muerta, es pura coincidencia.
® Harlequin, Harlequin Deseo y logotipo Harlequin son marcas registradas por Harlequin Books S.A.
® y ™ son marcas registradas por Harlequin Enterprises Limited y sus filiales, utilizadas con licencia. Las marcas que lleven ® están registradas en la Oficina Española de Patentes y Marcas y en otros países.

I.S.B.N.: 978-84-671-8652-9
Depósito legal: B-20419-2010
Editor responsable: Luis Pugni
Preimpresión y fotomecánica: M.T. Color & Diseño, S.L.
C/ Colquide, 6 portal 2 - 3º H. 28230 Las Rozas (Madrid)
Impresión y encuadernación: LITOGRAFÍA ROSÉS, S.A.
C/ Energía, 11. 08850 Gavá (Barcelona)
Fecha impresion para Argentina: 17.1.11
Distribuidor exclusivo para España: LOGISTA
Distribuidor para México: CODIPLYRSA
Distribuidores para Argentina: interior, BERTRAN, S.A.C. Vélez Sársfield, 1950. Cap. Fed./ Buenos Aires y Gran Buenos Aires, VACCARO SÁNCHEZ y Cía, S.A.
Distribuidor para Chile: DISTRIBUIDORA ALFA, S.A.

Capítulo Uno

El eco de Texas

Todas las noticias que debes conocer... ¡y mucho más!

¿Quién iba a imaginar que el soltero de oro texano, Lance Brody, volvería de un viaje a Washington D. C. comprometido? ¡Y con una mujer a la que acaba de conocer! El magnate del petróleo asegura que ha sido un flechazo, pero nosotros tenemos nuestras dudas. La señorita Lexi Cavanaugh tiene buenas conexiones con todas las personas importantes para el negocio de los hermanos Brody. ¡Olemos una fusión, más que un matrimonio!

Tampoco apostamos a que este «compromiso» dure mucho. No porque Lance Brody vaya a presentarse pronto ante el altar. No, nos hemos fijado en las miradas que lanza a su asistente personal. Sobre todo, ahora que la anodina señorita Thornton ha florecido de pronto y se ha convertido en toda una belleza texana. Con su prometida tan lejos, ¿cuánto tardará el novio en empezar a distraerse?

—Petróleos Brody, al habla Kate —respondió Kate al teléfono, como solía hacerlo unas cincuenta veces al día.

—Hola, Katie, pequeña, ¿alguna urgencia de la que deba ocuparme? —preguntó Lance Brody.

—Hola, Lance, ¿qué tal en Washington? —quiso saber Kate, mientras rebuscaba entre los mensajes que tenía para él.

Su jefe era todo lo que Kate siempre había deseado en un hombre, pero, sin embargo, para él, ella no era más que una secretaria extremadamente eficiente.

Kate había empezado a trabajar en Petróleos Brody poco después de que Lance y su hermano, Mitch, hubieran heredado las refinerías en quiebra. Durante los últimos cinco años, Lance y Mitch habían hecho crecer sus fortunas y se habían convertido en miembros del selecto Club de Ganaderos de Texas.

—Hacía mucho calor y las reuniones han sido muy cansadas. ¿Tengo mensajes?

—Tienes dos que no son urgentes, pero puede que quieras ocuparte de ellos antes de volver a la oficina. Uno es de Sebastian Huntington, del Club de Ganaderos de Texas. ¿Quieres su número?

—No, lo tengo. ¿Y el otro?

—El otro es de Lexi Cavanaugh, que no sé quién es. Me pidió que la llamaras tan pronto como aterrizaras.

—Es mi prometida –informó Lance.

Kate se quedó pálida. Lance siguió hablando, pero ella dejó de escucharlo. En lo único que pudo pensar fue en los años que había pasado amándolo en secreto, para que él se fuera de viaje y decidiera casarse con alguien que ella no conocía de nada.

—¿Katie? ¿Sigues ahí?

—Sí. Claro que sí. Ya no tienes más mensajes. ¿Cuándo crees que llegarás a la oficina?

—Voy hacia allá. El tráfico en la autopista está muy cargado, así que tardaré. Tengo que pedirte una cosa más.

«Por favor, no me pidas que organice tu fiesta de compromiso», pensó Kate.

—Comprueba que el servicio de catering está preparado para la barbacoa del Cuatro de Julio. Quiero que la fiesta de este año supere a la del anterior.

–Por supuesto –repuso Kate y se le quebró la voz. No sabía cómo iba a poder trabajar con él a diario, sabiendo que le pertenecía a otra mujer–. Llaman por la otra línea –mintió. Necesitaba colgar cuanto antes.

–Hasta ahora –dijo Lance y desconectó la llamada.

Kate colgó el teléfono y se quedó allí sentada, mirando la pantalla del ordenador. Su salvapantallas tenía una foto de Lance, Mitch y ella, tomada en febrero, cuando los dos hermanos habían recibido la noticia de que los iban a aceptar en el club de millonarios de los Ganaderos de Texas. Ella había comprado una botella de champán y los tres habían brindado juntos para celebrar el éxito.

Por aquel entonces, a Kate le había parecido bien que tanto Lance como Mitch la vieran sólo como a una secretaria. Ella había creído que, algún día, Lance sería capaz de ver más allá y descubrir la mujer que se escondía tras sus gafas de pasta y sus rebecas de punto.

Era obvio que no había sido así.

Kate se inclinó hacia delante, mirando la

foto y dándose cuenta de que parte del problema era suyo. Llevaba el pelo recogido en un moño sin ninguna gracia y sus gafas eran demasiado grandes. El año anterior, había perdido peso, casi treinta kilos, y ni se había molestado en hacerse una montura nueva para su rostro más delgado. Además, todas las ropas que llevaba eran viejas. Estaban descoloridas y le quedaban demasiado grandes.

Parecía la tía solterona de alguien, pensó.

Después de haber crecido en Houston, Texas, en el distrito de Somerset, Kate había aprendido que era importante cuidar su aspecto si quería captar la atención de un hombre. Pero, al tener sobrepeso, la ropa siempre le había quedado, bueno, no demasiado bien. Por eso, había decidido dejar de intentar arreglarse.

Alargó una mano y tocó la imagen de Lance en la pantalla del ordenador, intentando convencerse a sí misma de que podría sobrevivir mientras él planeaba su boda. Se dijo que podría seguir en la oficina, trabajando para él mientras él vivía su vida.

Pero Kate sabía que no era cierto. Lo único que podía hacer para ser feliz era tomar las riendas de la situación, del mismo modo en que había tomado el mando sobre su cuerpo, dejando de ser una comedora compulsiva y concentrándose en hacer ejercicio y llevar una vida más sana.

Y sólo había una manera de hacerlo. Iba a tener que dimitir de su trabajo en Petróleos Brody.

Lance no estaba de muy buen humor a pesar de haberse prometido. Ese pensamiento no le hacía tan feliz como a la mayoría de los hombres. Él no iba a casarse por amor, sino en beneficio de Petróleos Brody. Mitch y él habían crecido con los sueños decadentes de su padre, un hombre que había dejado que el apellido Brody se empañara y que sus pozos petrolíferos se secaran.

Pero, con sus aptitudes y con la inteligencia financiera de Mitch, habían conseguido levantar Petróleos Brody.

Ya estaba de vuelta en Houston, lo que era un alivio para Lance. Odiaba estar lejos de casa. Le gustaba su vida tal como era. Le gustaba la rudeza de sus trabajadores en la refinería, le agradaba la acogedora sensación que le proporcionaba su secretaria, Kate, y le encantaba haberse forjado un hogar en la refinería de petróleo.

Pocas personas sabían que su padre había gastado toda su fortuna en alcohol. Mitch y Lance habían tenido que soportar la cólera del viejo por la quiebra del negocio.

Lance se frotó la nuca y aparcó la ranchera en su lugar reservado en el aparcamiento de las oficinas de Petróleos Brody.

Justo cuando estaba saliendo del coche, sonó su móvil. Miró el identificador de llamadas.

–Hola, Mitch. ¿Qué pasa?

–Voy a quedarme en Washington un poco más para seguir trabajando en el trato que hemos sellado con tu compromiso.

–No hay problema. ¿Crees que estarás de vuelta para el Cuatro de Julio?

–Claro.

–He invitado a Lexi a venir conmigo. Quiero que empiece a conocer a la gente de por aquí –comentó Lance.

–Me parece bien.

–Tú la conoces mejor que yo –señaló Lance, pensando en la mujer con la que iba a casarse–. Había pensado que debería comprarle algún detalle para darle las gracias por haber aceptado casarse conmigo. ¿Le pido opinión a Kate o se te ocurre a ti algo que pueda regalarle?

Mitch se quedó en silencio y Lance se apartó el teléfono de la oreja, para comprobar si se había cortado la conexión.

—Si se te ocurre algo, mándame un correo electrónico —pidió Lance.

—Eso haré —repuso Mitch—. ¿Cuándo vas a decirle a Kate que estás prometido?

—Ya lo he hecho. ¿Por qué? —preguntó Lance mientras caminaba hacia las oficinas.

—Por nada.

—¿Crees que debería haber esperado a anunciárselo a todos los empleados al mismo tiempo?

—No —contestó Mitch—. Ella no es como el resto de la plantilla.

—Lo sé. ¿Crees que debería llamar al senador Cavanaugh por si necesita que le ayude con los preparativos?

—Yo me encargaré de eso. Tú sigue haciendo lo que haces siempre —contestó Mitch.

—¿A qué te refieres?

—Al levantamiento de pesos.

Lance sonrió. Desde que eran pequeños,

Mitch siempre le había confiado las tareas que requerían fuerza física. Mitch era el mayor de los hermanos y ambos habían aprendido pronto que no podían contar con sus padres y que era mejor que se cuidaran solos.

–De acuerdo. ¿Nos vemos el jueves?

–No me perdería la fiesta por nada del mundo.

Lance colgó y se quedó un momento parado bajo el sol ardiente de Houston. Le gustaba sentir el fuego del verano sobre la piel.

Al entrar en las oficinas, Lance sintió un escalofrío por el aire acondicionado. Siempre solía hacer una pausa al entrar en el edificio, incapaz de creer cómo Mitch y él habían sacado adelante la compañía de ese modo. El vestíbulo estaba lleno de ejecutivos de visita esperando asistir a diferentes reuniones. Y había un equipo completo de guardias de seguridad que protegían la empresa.

–Buenas tardes, señor Brody.

–Buenas tardes, Stan. ¿Cómo va todo?

–Bien, señor. Me alegro de tenerle de vuelta en Houston –dijo Stan.

Lance asintió y caminó hacia los ascensores reservados para ejecutivos. Se subió a uno de ellos y apretó el botón del piso donde estaban los despachos de dirección. Pensó que estaba ansioso por volver al trabajo. Washington D. C. era como otro mundo, un lugar donde él no encajaba. Allí, en Petróleos Brody, no sólo encajaba, sino que era el rey.

Entró en su despacho y Kate levantó la vista para mirarlo. Su habitual sonrisa de bienvenida no fue tan radiante como siempre.

–Bienvenido, Lance. Steve, del departamento financiero, necesita hablar contigo cinco minutos a lo largo del día. Le dije que no sabía si ibas a poder.

–No hay problema. Puedo hablar con él esta tarde.

–Bien. Se lo diré.

–¿Alguna cosa más?

Kate negó con la cabeza y se le soltó un mechón de pelo, rozándole la mejilla. Lo miró con sus enormes ojos castaños. Lance, de pronto, tuvo deseos de perderse en ellos, pero meneó la cabeza para no pensar en ello. Kate no era la clase de mujer que querría tener una aventura, pensó él.

Porque lo cierto era que lo único que le había interesado a Lance hasta ese momento habían sido las relaciones esporádicas. No era el tipo de hombre que podía casarse con una mujer por la que sintiera algo. Había aprendido de su padre que los Brody no sabían dosificar el sexo ni el amor. Requerían de sus amantes toda su devoción y dedicación. De otro modo, se volvían demasiado celosos. Él mismo lo había experimentado durante su desafortunado noviazgo con la bella April, a la edad de dieciocho años.

–¿Lance?

–¿Sí?

–¿Has oído lo que te he dicho?

Lance negó con la cabeza.

–No. Estaba pensando en el viaje a Washington.

Kate se mordió el labio inferior y bajó la vista.

–¿Qué pasa, Katie, pequeña? ¿Te sucede algo?

Kate asintió.

–Necesito hablar contigo en tu despacho cinco minutos.

–De acuerdo –repuso él–. ¿Ahora?

–Sí, creo que cuanto antes, mejor.

–Vamos, entra.

Kate se levantó y agarró unos papeles de la impresora antes de entrar en el despacho de él. Lance la siguió, observando cómo movía las caderas y cómo la falda le acariciaba los tobillos al andar.

¿Por qué no se había dado cuenta antes de que Kate era una mujer bonita, a pesar de sus horribles ropas?, se preguntó él.

Kate había estado muchas veces en el despacho de Lance, pero ese día estaba más nerviosa que nunca. Había tomado la decisión de dimitir. No había nada que pudiera hacerle cambiar de opinión.

Bueno, eso no era cierto. Por una parte, deseaba irse pero, por otra, quería quedarse, para poder ver a Lance a diario.

Sin embargo, debía recordar la razón por la que había perdido peso, se dijo Kate. Estaba harta de pasar desapercibida, viendo cómo los demás hacían su vida mientras ella pasaba el día trabajando, para irse sola a su casa vacía.

Había empezado a sentirse tan sola que había considerado la opción de comprarse un gato. Pero había cambiado de idea, horrorizada ante la perspectiva de volverse como su tía abuela Jean, diana de las burlas y las bromas de los jóvenes cuando ella había ido al colegio.

−¿De qué querías hablarme? −preguntó Lance. Apoyó la cadera sobre el escritorio y estiró sus largas piernas.

Kate se quedó mirándolo un momento. ¿Cómo iba a poder olvidarlo?, se preguntó.

−Últimamente, he estado pensando en mi trabajo. Y... he decidido buscar otras oportunidades fuera de Petróleos Brody.

−¿Qué? −dijo Lance y se puso en pie−. ¿Por qué ahora? Te necesitamos, Katie, pequeña.

«Katie, pequeña». Lance solía llamarla de ese estúpido modo que hacía que se sintiera como una niña de cinco años. Y como una hermana. Entonces, ella se dio cuenta de que había tenido parte de culpa al alimentar ese tipo de relación entre ellos, contentándose con recibir cualquier clase de afecto por parte de su jefe.

−Ése es el problema, Lance. No me necesitas en realidad. Quizá, sí fui necesaria al principio, pero ahora cualquier asistente personal un poco eficiente te servirá. Creo que ambos lo sabemos.

−¿Pero por qué te vas precisamente ahora?

Kate se encogió de hombros. No había contado con que Lance le diera tanta importancia.

–Me parece que es buen momento para cambiar. Todo va bien por aquí, tú estás prometido y Mitch pasa más tiempo en Washington que aquí. Una secretaria nueva podrá ocupar mi puesto sin problemas.

Lance se frotó la nuca.

–¿Ocurre algo, Kate? ¿He hecho algo que te ha molestado?

–En absoluto, Lance. He seguido trabajando aquí año tras año porque es un empleo cómodo y los dos sabemos que ésa no es la manera de conseguir el éxito profesional.

–¿Es por eso? Podemos ascenderte a otro puesto.

Kate negó con la cabeza.

–No. Gracias por la oferta, pero estoy decidida a probar algo nuevo.

Kate sentía la tentación de aceptar cualquier sugerencia que Lance le hiciera pero, en esa ocasión, se contuvo, recordándose a sí misma que él iba a casarse y que quedarse en la empresa… sería la cosa más estúpida que ella podía hacer.

–¿Te quedarás hasta que contrate a una sustituta?

–Claro que sí –contestó Kate. Era justo, pensó.

–Gracias.

–Bueno... aquí está mi carta. Estaré en mi mesa si necesitas algo más.

Kate se giró para salir del despacho. Se sintió como si estuviera huyendo, como una cobarde. Una parte de ella se dijo que, tal vez, debería intentar quedarse y hacer que las cosas fueran diferentes entre Lance y ella. ¿Pero cómo?

Kate había buscado en Internet el nombre de Lexi Cavanaugh en cuanto Lance le había hablado del compromiso. Y había descubierto que no había ninguna manera de competir con una mujer como aquélla.

–¿Kate?

–Sí, Lance.

–Me gustaría encargar una tarta para celebrar mi compromiso con Lexi. ¿Puedes pedir una en la pastelería, por favor?

–Claro.

Sin duda, era hora de irse de Petróleos Brody, se dijo Kate.

Entonces, se dio cuenta de que no habían

hablado de los detalles de su marcha de la compañía.

–Me quedaré dos semanas.

–Puede que tarde más en contratar a alguien.

–Me gustaría que te ajustaras a ese tiempo –indicó ella.

–¿Te he molestado en algo, Kate? Ya sabes que puedo ser muy rudo a veces... –comentó él.

Kate se contuvo para no responder que le gustaba su forma de ser. Le gustaba que no fuera tan sofisticado y remilgado como Mitch. Por eso se había enamorado de él. Lance era un buen hombre, un texano de ley, igual que el padre y los hermanos de Kate. La clase de hombre que sabía cómo hacer que cualquier dama se rindiera a sus encantos.

Además, él no había tenido que esforzarse mucho en ganarse su afecto, reflexionó Kate, pensando que su encanto no era más que una herramienta. Era uno más de sus rasgos característicos, igual que sus botas de vaquero de mil dólares o su mansión de un millón de dólares. Lance echaba mano de su encanto siempre que lo necesitaba.

–No, Lance. No has hecho nada más que tratarme como a tu secretaria.

–¿Es eso un problema? –preguntó él, mirándola con atención.

–En absoluto. Pero sólo soy eso para ti y he decidido que quiero más.

Kate salió del despacho y cerró la puerta detrás de ella. Sabía que debía quedarse y seguir trabajando toda la jornada, pero necesitaba escapar de allí. Y no le importó comportarse como una cobarde. Bajó las escaleras, se subió al coche y se alejó de Petróleos Brody. Mucho más difícil sería convencer a su corazón de que dejara atrás a Lance Brody.

Capítulo Dos

Lance se quedó sin palabras cuando Kate salió de su despacho y se fue de la oficina. Supo que se había perdido algo en lo que a ella se refería. ¿Había dicho Kate que quería ser más que su secretaria? ¿Lo habría dicho en el sentido profesional o personal?

Lance pensó en ir tras ella, pero se dio cuenta de que no sabía dónde buscarla. Lo cierto era que Kate siempre había estado allí cuando él había llegado a la oficina y siempre se había marchado después de él. ¿Cómo iba a poder funcionar sin ella? Kate era más que su secretaria. Era la pieza más importante de la oficina, la persona que hacía que todo marchara a la perfección.

–Maldición –dijo Lance. No había llegado a donde estaba dejando que se le escaparan las cosas de ese modo. La llamó al móvil.

–Ahora no puedo hablar, Lance.

–Pues para el coche y utiliza el manos libres que te regalé. No puedes irte así, sin más, y esperar que yo no haga nada.

–Espera.

Lance la oyó rebuscar algo y maldecir. Un momento después, Kate se puso al teléfono de nuevo.

–¿De qué quieres hablar?

–De cómo te has sentido.

–Lo siento –dijo Kate–. He sido muy poco profesional al irme así de la oficina. Pero creo que hoy no hubiera sido nada productiva.

–De acuerdo. ¿Quieres explicarme por qué?

–No. Si lo hago, te sentirás incómodo y yo me sentiré como una tonta.

–Kate, si he hecho algo, dímelo directamente –pidió él, sin entender–. Me disculparé y podremos arreglar las cosas.

–No lo creo –afirmó Kate.

La voz de Kate sonaba muy triste y Lance deseó poder verla para leer la expresión de su rostro. Ella tenía los ojos más expresivos que había visto en ninguna mujer.

–No lo sabrás seguro hasta que no hablemos –señaló Lance, dispuesto a arreglar el problema. No podía permitirse perder a Kate, pensó–. ¿Dónde estás?

—En la autopista, camino a Somerset.

—¿Vas a casa de tus padres? —preguntó Lance, que sabía que Kate se había criado en Somerset, un distrito de clase alta de Houston.

—Supongo que sí. Me metí en el coche y he conducido hasta aquí sin pensar. No me di cuenta de hacia dónde me dirigía.

—Katie, pequeña...

—No me llames así, Lance. Me hace sentir como si tuviéramos una relación, más allá de la profesional, y no es cierto.

Lance maldijo en silencio.

—Tenemos una relación. Somos amigos, Kate. Y llevamos juntos muchos años.

—¿Somos amigos de veras?

—Claro que lo somos. Somos más que amigos... tú eres parte de la familia para Mitch y para mí. Y, si te soy sincero, Kate, no creo que ninguno de los dos sepamos qué hacer sin ti.

Kate se quedó callada durante unos segundos.

—¿Kate?

—No puedo seguir hablando de esto, Lance. Sé que a ti te parece... ¿qué te parece?

—Que he hecho algo que te ha molestado.

Escucha, sea lo que sea, puedo arreglarlo. Lo sabes, ¿no es así?

—No puedes.

—Kate, ¿cuándo nos hemos topado con un problema o un obstáculo que no hayamos podido superar?

—Lance...

Kate se estaba sintiendo cada vez más vulnerable, como ella había temido. Alguien llamó a Lance por la otra línea, pero él ignoró la llamada.

—Dímelo, Kate.

—No estoy segura de poder hacerlo. Me siento mal porque estés dándole tanta importancia.

Una de las cosas que más le había gustado a Lance de Kate, desde el principio, había sido su voz. Era suave y dulce e, incluso cuando se enfadaba, lo que no era a menudo, su voz seguía siendo agradable.

—¿Por qué no vuelves a la oficina para que podamos hablar?

—Podemos hablar mañana. Necesito tomarme la tarde libre para pensar las cosas.

Lance sabía que era importante conseguir que Kate volviera y convencerla de que se quedara antes de dejar pasar demasiado tiempo.

Sabía que ella podría encontrar otros empleos tan bien pagados como el que tenía. Pero él la necesitaba.

La otra línea comenzó a sonar de nuevo y Lance recibió un mensaje de texto en el móvil de Frank Japlin, el jefe de operaciones de la refinería.

–Kate, ¿puedes esperar un momento?

–¿Qué?

–Tengo que responder una llamada de la refinería.

–Claro.

Lance la dejó en espera y respondió la llamada.

–Brody al habla.

–Aquí Frank. Hay un incendio en la refinería. Tienes que venir cuanto antes.

–¿Has llamado a los bomberos?

–Es lo primero que he hecho. Pero el incendio es demasiado grande.

–Estoy ocupándome de otra emergencia ahora.

–Hay muchos daños. Y uno de los investigadores asegura que la causa del incendio no ha sido accidental.

Genial. Justo lo que le faltaba, se dijo Lance.

—Intenta averiguar más –pidió Lance a Frank–. Te llamaré dentro de unos quince minutos.

—De acuerdo, jefe.

Lance se frotó la nuca, pensando que sus refinerías no podían permitirse sufrir más daños. Ya habían sufrido demasiadas pérdidas con el huracán del otoño anterior.

Necesitaba que Kate volviera a su trabajo y pusiera orden en aquel caos. Iba a tener que llamar a la prensa, a las familias de los trabajadores y a la compañía de seguros. Entonces, miró el móvil y se dio cuenta de que Kate había colgado el teléfono.

Justo lo que necesitaba, pensó Lance.

Mientras esperaba al teléfono, Kate se dio cuenta de que había pasado demasiado tiempo de su vida desempeñando un papel pasivo. Lance se había prometido. No había nada que él pudiera hacer o decir para hacerle cambiar de opinión ni para que se quedara en Petróleos Brody.

Así que colgó y siguió conduciendo. Ir a casa de su familia no era una idea muy inteligente. Su madre le diría que, si se maquillara y se vistiera mejor, no seguiría soltera. Y la verdad era que ella no tenía ningunas ganas de escuchar aquello.

Pero Kate tampoco quería ir a su casa y pasar la noche sola. Necesitaba consejo. Necesitaba estar con su mejor amiga, Becca Huntington. Becca la comprendería y le aconsejaría no volver, no escuchar a Lance... al menos, eso esperaba ella.

Llamó a Becca a Dulces Pequeñeces, la tienda de lencería que su amiga tenía en Somerset.

—Dulces Pequeñeces.

—Becca, soy Kate.

—Hola. ¿Qué tal van las cosas en la gran ciudad?

—Fatal.

—¿Qué? ¿Por qué?

—Lance va a casarse.

Becca se quedó un momento callada y Kate se dio cuenta de que lo más probable era que su amiga la viera como a una perdedora.

—Oh, tesoro, lo siento. No sabía que saliera con nadie.

—No salía con nadie.

—¿Estás segura de que va a casarse? Lance

no parece la clase de hombre que hace algo así de forma espontánea.

Lance no era espontáneo y se había cuidado mucho de dejarse echar el lazo por ninguna de las mujeres con las que había salido.

–Sí, él mismo me dio la noticia.

–¿Quién es ella?

–Lexi Cavanaugh.

–La hija del senador Cavanaugh.

–Sí.

–¿Es un compromiso por motivos políticos? –preguntó Becca.

–No lo sé. Y no me importa. He dimitido de mi trabajo.

–¿Que has hecho qué?

–¿Te parece una locura? Estoy tan confundida que no sé qué hacer –admitió Kate. En el fondo, había esperado que Lance se hubiera percatado de su amor y la hubiera correspondido.

–Puede que sea una locura, sí. Pero sé que estás colada por él –comentó Becca.

Kate respiró hondo.

–Es más que eso. Estoy enamorada de él.

Aquélla era la primera vez que Kate decía las palabras en voz alta. Le gustó decirlas. O, mejor dicho, le habría gustado, si no fuera porque Lance iba a casarse con otra mujer.

–Oh, Kate.

–Para él ni siquiera soy una mujer.

–Arreglemos eso –propuso Becca.

–¿Cómo?

–Ven a la tienda y te daremos un repasito.

–¿Un repasito? No creo que sea buena idea. Acuérdate de la última vez que lo intentamos.

En aquella ocasión, Kate se había sentido tan incómoda con la ropa y el maquillaje que Becca le había sugerido, que había terminado yendo directa a su casa para quitárselo todo. Necesitaba sus viejas ropas para sentirse cómoda... ¿o no?

–No sé qué hacer –repitió Kate.

–Eso sólo puedes saberlo tú. Pero yo, en tu lugar, me cambiaría el pelo y la ropa. Empieza de cero y encuentra un nuevo amor –sugirió Becca.

–Tengo que trabajar para Lance dos semanas más.

–¿Por qué?

–No puedo irme sin más, tengo que esperar a que encuentre sustituta.

–Pues mucho mejor. Puedes volver al trabajo convertida en una mujer irresistible, y luego te vas. Así podrás recuperar tu orgullo, al menos.

¿Se sentiría mejor si volvía a Petróleos Brody y Lance la miraba como a una mujer y no sólo como a una secretaria?, se preguntó Kate.

—Voy para allá —dijo Kate.

—Bien, seguiremos hablando cuando estés aquí. Pondré a enfriar una botella de vino blanco.

—Gracias, Becca.

—¿Por qué?

—Por estar ahí. Por escucharme y no pensar que soy una tonta.

—¿Por qué iba a pensar que eres tonta? Yo he estado enamorada también y sé cómo es.

Kate tragó saliva, contenta de tener una amiga como Becca.

—Yo nunca había amado a nadie, aparte de Lance.

—¿Ni siquiera en el instituto?

—Me gustaban un par de chicos entonces —admitió Kate.

Las dos habían sido amigas desde pequeñas y Becca había sido como una hermana para ella, la única persona que la había aceptado por ser quien era. En su casa, sus hermanos se habían burlado de ella cuando había hecho cosas de niñas y, por otra parte, su madre siempre se había mostrado en desacuerdo con sus decisiones.

−Eso era diferente. Y no me preguntes por qué. No puedo explicártelo. Lance Brody siempre ha sido diferente −añadió Kate.

−Lo sé. Nunca has hablado de nadie tanto como hablas de él.

−¿Soy una pesada?

Becca se rió y Kate sonrió al escuchar su risa.

−No, no eres pesada. Sólo estás enamorada. Siento que no haya resultado ser el hombre que tú esperabas −comentó Becca.

Kate también lo sentía.

−Quizá, sí es ese hombre, pero no está destinado para mí.

−Tal vez −repuso Becca−. ¿Cuánto tardarás en llegar?

−Estaré ahí en unos diez minutos. Me he ido del trabajo sin avisar a nadie ni nada.

−Creo que estás lista para un cambio.

−¿Por qué?

−Porque ya estás actuando como una rebelde.

Kate lo pensó un momento.

–Supongo que sí. Quizá el compromiso de Lance resulte ser positivo para mí.

–Apuesto a que sí. Al menos, serás más fuerte después de haberlo amado y haberlo perdido.

Kate colgó el teléfono y siguió conduciendo hasta Somerset. No pensó ni en Lance ni en Petróleos Brody. Se concentró sólo en sí misma y en la nueva mujer en que iba a convertirse. Ya era hora de cambiar.

En la refinería, hacía calor y había mucho humo. El incendio duró casi tres horas, hasta que los bomberos consiguieron sofocarlo. Frank estaba ocupado hablando con los periodistas locales mientras Lance llamaba a su hermano. Mitch estaba en una reunión y tuvo que dejarle un mensaje en el buzón de voz.

–Ponme al día –pidió Lance a Frank.

–Tenemos cuatro heridos.

–¿Has hablado con sus familias?

–Así lo hice, en cuanto identificamos a los heridos. Ahora están en la sala de urgencias. He enviado a JP a hablar con las familias y tranquilizarlas diciéndoles que el seguro se ocupará de cubrirlo todo. Y le he pedido que me tenga informado de cómo evolucionan los heridos –indicó Frank.

–Bien. ¿Crees que vamos a tener que cerrar?

Frank se rascó la calva.

–No lo sabré hasta que pueda hablar con el jefe de bomberos.

–¿Cuándo será eso?

–Espero que pronto.

–¿Has detenido el flujo de petróleo a la refinería?

–Es lo primero que hicimos. Pusimos en marcha los protocolos de emergencia. Y todo ha funcionado como era de esperar. Voy a mandarte unas recomendaciones para recompensar a algunos de los chicos, que han ayudado más allá de su deber.

–Lo tendré en cuenta –repuso Lance. Sonó su móvil y miró el identificador de llamadas–. Es Mitch.

–Iré a ver si puedo hablar con el jefe de bomberos –señaló Frank.

–Hay un incendio en la refinería –dijo Lance al teléfono.

–¿Están todos bien? ¿Los daños son graves? –quiso saber Mitch.

Lance le informó de todo.

—¿Crees que esto influirá en el plan del senador de permitirnos ampliar las perforaciones?

—No, si yo puedo evitarlo. Voy a ir a su despacho ahora mismo —dijo Mitch.

—Yo me encargaré de esto. Voy a dar una rueda de prensa más tarde para que todo el mundo sepa que estamos bien y seguimos funcionando.

—Me parece bien. Te llamaré después de hablar con el senador.

Lance colgó y observó los destrozos que había sufrido la refinería. Los empleados estaban apiñados en un lado, esperando todos a conocer el veredicto de los bomberos. En la refinería se producían sesenta y siete mil barriles de combustible al día y, si tenían que cerrar, toda esa gente se quedaría sin trabajo. Y sin sus beneficios trimestrales.

Lance marcó el número de Kate. Ella solía ser de gran ayuda en ese tipo de emergencias, cuando él no podía estar en la oficina.

Le respondió el buzón de voz y Lance comprendió que Kate había dicho en serio lo de dejar el trabajo.

–Soy Lance. Necesito tu ayuda. Ha habido un incendio en la refinería principal. Llámame cuando oigas el mensaje.

La recepcionista de las oficinas de Petróleos Brody no tenía la suficiente experiencia como para manejar todas las llamadas que estaban recibiendo. Necesitaba ayuda de las secretarias de los ejecutivos. Lance solía confiar a Kate la labor de coordinarlo todo. Pero parecía ser que era hora de aprender a funcionar sin Kate, se dijo. Llamó al jefe de finanzas y le pidió que enviara a todas las secretarias que tuvieran para que ayudaran. A continuación, compuso una pequeña nota en su BlackBerry y la envió a todos los empleados, informándoles de la situación y advirtiéndoles de que no estaban autorizados a hablar con los medios.

Frank llamó a Lance desde donde estaba, hablando con el jefe de bomberos.

–Lance Brody, éste es el jefe Ingle –presentó Frank.

–Gracias por sofocar el incendio tan rápido –dijo Lance y estrechó la mano del bombero.

–De nada. Es nuestro trabajo.

–Lo sé. Pero te lo agradezco de todos modos. ¿Qué estáis mirando por aquí? –preguntó Lance.

–Pensamos que el fuego había sido provocado por una explosión, pero hemos hablado con los hombres que estaban más próximos al lugar donde empezó y ninguno de ellos oyó nada –indicó el jefe Ingle.

–Es raro. ¿Qué crees que causó el fuego, entonces? –quiso saber Lance.

–He llamado a nuestros expertos para que examinen la zona de forma concienzuda. De todas maneras, uno de mis hombres dice que vio una lata de acelerante de combustión.

–¿De qué tipo?

–No tenemos ningún detalle más. Sólo quería hacerte saber lo que sospechamos. He llamado también al experto en incendios provocados y va a venir con su equipo.

–Vaya. Tengo que notificárselo a nuestra compañía de seguros. Querrán investigar en coordinación con vuestro experto.

–Siempre lo hacen así –replicó el bombero.

Las compañías de seguros siempre lo achacaban todo a incendios provocados, pensó Lance. Él quería contar con algún investigador que tuviera en mente los intereses de Petróleos Brody.

–¿Puedo contratar a mi propio equipo de seguridad para formar parte de la investigación?

–Preferiríamos no tener a más gente por aquí –contestó Ingle.

–Darius no os molestará. Es el mejor en su trabajo.

–¿Darius qué?

–Darius Franklin. Es el dueño de la empresa de seguridad.

–De acuerdo. Pero sólo él.

Lance lo comprendía. El jefe de bomberos no quería tener a un montón de hombres husmeando en la zona del incendio e interfiriendo en su trabajo.

–¿Cuándo podemos seguir con la producción? –inquirió Lance.

–Creo que necesitaremos, al menos, veinticuatro horas antes de poder asegurar que es posible seguir funcionando. O más, si la investigación resulta ser complicada.

Lance tomó nota mental de ello. Cuando el jefe de bomberos se hubo ido, se giró hacia Frank.

–Avisa a todos nuestros empleados de que se reúnan en el aparcamiento dentro de quince minutos. Luego, dispón un número al que puedan llamar para saber cuándo reincorporarse al trabajo. Y dales ese número.

–Ahora mismo –dijo Frank, alejándose.

Lance llamó a su mejor amigo, Darius Franklin, y le respondió el buzón de voz. Le hizo a Darius un resumen de lo que había pasado. Le contó que el jefe de bomberos sospechaba que el incendio había sido provocado y le pidió que acudiera a la escena para ayudar con la investigación.

Lo único que le quedaba era conseguir que Kate volviera, pensó Lance. Así tendría el mejor equipo que un hombre podía desear para enfrentarse a una situación así. Tomó el móvil de nuevo.

Capítulo Tres

Kate puso su móvil en silencio después de la segunda llamada de Lance. Estaba cansada de sentirse insegura y culpable por todas sus decisiones. Al llegar a Dulces Pequeñeces, se encontró con que Becca le había pedido cita con la peluquera.

–No creo que un corte de pelo vaya a cambiar las cosas –opinó Kate.

–No será sólo un corte de pelo. Necesitas un cambio completo de aspecto –aconsejó Becca–. He estado pensando en ello desde que me llamaste y la única manera de que puedas sobrellevar las próximas semanas es haciendo que Lance Brody se dé cuenta de lo que se está perdiendo.

Kate se miró al espejo que había detrás del mostrador y se encogió de hombros.

–No demasiado.

–Pronto, verá en ti a una mujer nueva.

–Pero yo seguiré viéndome a mí.

–Claro, tonta. Y a Lance ya le gustas. Lo único que falta es conseguir que babee por ti.

–Va a casarse, Becca.

–¿Y qué? No vas a obligarle a nada. Sólo vas a provocarlo un poco y así recuperar tu orgullo.

A Kate le gustó la idea.

–De acuerdo. Lo haré.

–Bien.

Becca le indicó cómo llegar al salón de belleza donde le había pedido cita. Mientras Kate iba de camino, su móvil sonó otra vez. Era Lance. Respondió mientras aparcaba.

–Kate al habla.

–¿Dónde has estado?

–Conduciendo.

–Ha habido un incendio en la refinería principal. Necesito que vengas a la oficina y coordines la información.

Kate se quedó atónita. Petróleos Brody era una de las refinerías más seguras del estado.

–¿Hubo una explosión?

–No están seguros. ¿Cuándo puedes estar aquí?

Kate estuvo a punto de decir que de inmediato, aunque se contuvo. Era una situación de emergencia, sí, pero ella no era indispensable. Paula y Joan, dos de las otras secretarias de Petróleos Brody, podían encargarse de la centralita telefónica.

–Mañana por la mañana.

–Kate, te necesito.

Ella se quedó sin habla.

–La compañía te necesita –puntualizó Lance–. Ésta es una de esas ocasiones en que necesitamos a nuestros mejores jugadores en el campo.

Lance había jugado al fútbol y Kate sabía que él solía utilizar metáforas futbolísticas cuando estaba estresado.

–Ya tienes a los mejores jugadores –dijo ella–. Yo voy a fichar por otro equipo.

–Maldición. Eso no está decidido todavía.

–Sí lo está. Yo lo he decidido. Llamaré a Paula y me aseguraré de que está preparada para reunir la información y divulgarla. Tengo hecho un documento con el protocolo a seguir tras una emergencia, como con el huracán del año pasado.

–Supongo que me tendré que conformar

con eso –repuso Lance tras un momento de silencio–. Deja el teléfono encendido para que pueda estar en contacto contigo.

–¿Por qué? No...

–Deja de discutir conmigo, Kate. No me gusta. ¿Qué mosca te ha picado?

Kate se miró en el espejo retrovisor del coche y se dio cuenta de que aquélla era la primera vez que le decía «no» a Lance. Y a él no le gustaba. Quizá, captar su atención era más fácil que cambiarse de peinado y de ropa. Reconoció para sus adentros que, durante todo ese tiempo, había sido demasiado complaciente con él y, tal vez por eso, él no la había valorado lo suficiente.

–No lo sé, Lance. He decidido que es el momento de cambiar. No es más que eso.

–Me parece como si...

–¿Qué?

–Nada –dijo él–. ¿Irás a la oficina mañana?

–Sí, allí estaré.

–Bien.

–Lamento lo del incendio –dijo Kate, sintiéndose mal por lo afectado que él parecía–. ¿Hubo heridos?

–Cuatro hombres están en el hospital.

–Le diré a Paula que les envíe flores y que envíe cestas con comida a sus familias.
–Gracias.
–De nada.

Kate se sintió un poco culpable por no ir a ocuparse de los detalles en persona, pero tanto Lance como ella tenían que empezar a acostumbrarse a que otras personas trabajaran para él. Ella no podía seguir siendo su secretaria complaciente y, al mismo tiempo, estar enamorada de él. Ese camino sólo le produciría dolor y sufrimiento. Y estaba cansada de vivir pensando sólo en los breves momentos en que podía estar con Lance en la oficina.

–Adiós, Lance –se despidió Kate, y colgó.

Se quedó sentada un minuto más en el coche, pero hacía demasiado calor. O, al menos, eso se dijo. Prefirió no pensar que la idea de vivir sin Lance le estaba haciendo sentirse mareada.

Lance pasó el resto de la tarde y parte de la noche en la refinería principal. Darius había llegado tarde y había empezado a trabajar con los expertos en incendios. Como no era especialista en incendios provocados, lo único que Darius podía hacer era una lista de sospechosos e investigar a aquéllos que podían haber tenido un móvil para provocar el fuego.

Lance salió de la refinería y se dirigió en su coche hacia el centro de Houston, dando el día por terminado. Había sido un día agotador, pensó.

Cuando era niño, siempre deseaba estar ocupado para no tener tiempo de volver a casa ni pensar en el hogar que le esperaba. Pero las cosas habían cambiado. En el presente, vivía solo y así le gustaba que fuera.

Bueno, aunque pronto tendría que vivir con su esposa en su mansión de Somerset, se recordó a sí mismo. No estaba nada seguro de estar preparado para ello. Pero Mitch y él habían acordado que era él quien debía casarse con Lexi.

«Maldición», pensó, frotándose la nuca. El cuello era su punto débil, donde se le acumulaba toda la tensión.

Su móvil sonó y comprobó quién llamaba antes de responder.

–Hola, Mitch.

–Hola, hermano. ¿Cómo van las cosas en la refinería?

–Es un desastre. Pero Darius está trabajando con los investigadores para averiguar qué pasó. ¿Qué tal en Washington D. C.?

Mitch suspiró.

–Podría ser peor. He hablado con el senador Cavanaugh y la situación está más o menos controlada. Les hice saber las medidas que Petróleos Brody toma para minimizar el daño a la comunidad y al medio ambiente. Creo que así he disipado sus miedos respecto a respaldarnos en la ampliación de la explotación petrolífera.

–¿Le has dicho que, si abrimos refinerías adicionales, podremos rotar la producción para que el precio del combustible no se vea afectado por las pérdidas de hoy? –preguntó Lance.

–Sí, lo he hecho. Estoy siguiendo la bolsa de Japón, que es la primera en abrir. Creo que los precios del crudo van a subir en Estados Unidos.

–Eso creo yo también. Tal y como está la economía mundial hoy en día, no sería una buena noticia para nosotros en este momento.

—No podemos controlar las acciones de los inversores —comentó Mitch.

—Voy a pasarme por el hospital de camino a casa —informó Lance—. Creo que sería buena idea que llamaras a los trabajadores heridos. Te mandaré un mensaje con sus nombres cuando salga de allí.

—De acuerdo, me parece bien. Lexi y yo vamos a tomar un vuelo a Houston juntos mañana.

—No he tenido tiempo de hablar con ella. Me llamó esta mañana. ¿Puedes decirle que no puedo llamarla hasta que no se calmen las cosas en la refinería?

—Claro.

—¿Se te ha ocurrido alguna idea sobre qué regalo puedo hacerle?

—Todavía no. No he tenido tiempo para pensar en tu vida amorosa.

Lance tampoco.

—Se trata de negocios, Mitch. Recuérdalo, tú mismo lo dijiste. Necesitamos la alianza de los Cavanaugh. Lo que ha sucedido hoy no hace más que demostrarlo.

Mitch no dijo nada al respecto. Y Lance pensó que a su hermano no le había sorprendido nada que su plan estratégico estuviera funcionando a su favor.

—Me olvidé de decirte que Kate ha presentado su dimisión hoy.

—¿De veras? ¿Por qué?

—Cree que es hora de cambiar de trabajo. No se siente lo bastante motivada o algo así.

—Quizá, era hora de que lo hiciera.

—Estoy intentando convencerla de que se quede —señaló Lance.

—¿Por qué?

Lance no quiso admitir delante de su hermano que no sabía por qué.

—Ella es parte de Petróleos Brody y la necesitamos —repuso Lance tras una pausa, a modo de explicación.

—Tal vez, Kate quiera ser algo más.

—¿Como qué? —inquirió Lance, recordando lo que le había comentado Kate por la mañana.

—Piensa en ello —sugirió Mitch—. Ahora tengo que dejarte. No te olvides de mandarme los nombres de los heridos.

—De acuerdo. Ally les ha organizado entrevistas con la televisión para mañana. Antes, va a hablar con las familias para prepararles sobre qué deben decir.

—Bien. Avisaré al senador por si también quiere intervenir y conceder alguna entrevista a los medios.

—Y podría haber sido mucho peor, Mitch —señaló Lance.

—¿Por qué no lo ha sido?

—Creo que por lo bien preparados que estamos después del huracán del otoño pasado. Los empleados han sabido qué hacer y cómo manejar la situación.

Lance condujo hasta el hospital, aparcó y habló unos minutos más con su hermano antes de colgar. No le gustaban los hospitales. Quizá, porque siendo niño había visitado más salas de urgencia de la cuenta.

Su padre siempre le aleccionaba a la entrada del hospital sobre qué debía decir cuando los médicos le preguntaran cómo se había roto la pierna, el brazo, los dedos o las costillas: en un accidente de bicicleta o con el monopatín. Nunca le había dicho a nadie la verdad. Y, después de un tiempo, él mismo había empezado a creerse esas mentiras.

Lance se frotó las cicatrices que tenía en la mano izquierda. A veces, se sentía mucho más viejo de lo que era. Sabía que debía tener cuidado con Lexi. Tenía que mantener aquel compromiso y su matrimonio.

Lance sabía que había heredado el temperamento legendario de su padre. Y, sentado en su coche ante el hospital, no pudo evitar recordar la promesa que se había hecho a sí mismo con trece años. Entonces, se había jurado no llevar nunca a un hijo suyo a urgencias, porque nunca tendría hijos.

Se preguntó si eso sería un problema para Lexi. En parte, deseó que así fuera, para poder romper su compromiso y continuar con su vida tal y como hasta entonces.

Kate estaba muy nerviosa cuando se bajó del coche a la mañana siguiente. La noche anterior, la ropa nueva que se había comprado con Becca en Houston le había parecido divertida y atrevida, pero, en ese momento, ataviada con un traje veraniego ajustado y con un nuevo peinado, se sintió como una impostora.

Le había costado un poco ponerse las lentillas esa mañana pero, al fin, había conseguido tener el mismo aspecto que la noche anterior, después de pasar por el estilista.

Pero estaba nerviosa... y hablando sola. Aquella mañana, su monólogo interior rozaba el borde de la locura.

Todos sus pensamientos se reducían a uno. ¿Qué pasaría si, al entrar en la oficina, todo el mundo se reía de ella?

Era una mujer adulta y no debería darle importancia a lo que pensaran los demás, se dijo. Pero había cambiado de aspecto y se sentía insegura, a pesar de que Becca le había asegurado que estaba muy atractiva. Ella seguía sintiéndose la misma Kate gorda y fea de siempre, disfrazada de otra persona.

Cuando Kate entró, Stan, el guardia de seguridad, levantó la vista.

—Buenos días...

—Buenos días, Stan —respondió Kate mientras el hombre la miraba.

—Tiene buen aspecto esta mañana, señorita Thornton —dijo Stan—. Está muy guapa.

—Gracias, Stan —dijo ella, sonrojándose.

Kate se dirigió al ascensor de ejecutivos y,

mientras esperaba, miró su reflejo en la brillante puerta de metal del ascensor.

Lo más raro de todo era que no se reconocía a sí misma.

–Disculpe, señorita, pero este ascensor es sólo para la planta de ejecutivos –señaló Lance, detrás de ella.

Ella se giró.

–¿Kate?

Kate se quedó esperando para ver si él decía algo más. No fue así. Se sintió un poco herida en su amor propio, pero no le dio importancia. Había decidido dejar de intentar complacer a Lance, como había estado haciendo todos aquellos años por inercia, sin darse cuenta siquiera.

–He visto a los empleados en el programa de televisión *Hoy* esta mañana. Han hablado muy bien.

–Ally hizo un buen trabajo al prepararlos sobre qué decir. Me alegro de que se estén recuperando bien –dijo Lance.

El ascensor llegó y Lance esperó a que ella entrara. Kate sintió los ojos de él clavados en la espalda. ¿Sería su falda demasiado corta para ir a trabajar?

Cuando se volvió, Kate se encontró con que

Lance le estaba mirando las piernas y se dio cuenta de que el traje estaba causando en él el efecto esperado. Al fin, Lance la estaba viendo como a una mujer. Se sintió... muy rara.

Llevaba años muriéndose por captar la atención de Lance y, al fin, la tenía. Pero no estaba segura de qué hacer con ella.

–¿Qué tal anoche? –preguntó ella.

–Pasé casi todo el tiempo al teléfono... Las cosas hubieran sido mucho más fáciles si mi secretaria hubiera estado aquí.

–Tal vez, tu secretaria ha decidido que es hora de vivir su vida –repuso ella y apretó los labios.

–¿Es eso, Kate? ¿Se trata de eso?

Kate asintió con la cabeza.

–Llevo demasiado tiempo ignorándome a mí misma. Sé que no fui muy oportuna ayer, pero ¿cómo iba a sospechar que iba a desatarse un incendio en la refinería principal?

–Nadie podía saberlo. No me importa si quieres tomarte una tarde libre. De hecho, si eso puede convencerte para que te quedes, estoy seguro de que podemos permitirte un horario más flexible –propuso Lance.

El ascensor llegó a su planta y, de nuevo,

Lance le hizo un gesto para que pasara delante. Al hacerlo, Kate lo oyó respirar hondo.

–¿Llevas perfume? –preguntó él.

–Sí –contestó ella, arqueando las cejas.

Lance movió la cabeza

–Siento la indiscreción –dijo él–. Huele muy bien.

–Gracias –repuso ella. Su nuevo aspecto parecía estar desconcentrando a Lance. O, quizá, lo que pasaba era que él no había dormido bien esa noche–. Puedo ocuparme del despacho esta mañana, si tú quieres volver a la refinería.

–Gracias, Kate, pero creo que soy necesario aquí. Sobre todo, si tú estás decidida a dejar el trabajo.

Kate asintió y entró en el despacho. El contestador de su mesa parpadeaba y ella imaginó que habría muchos mensajes esperándola.

Lance cerró la puerta y pasó junto a Kate para entrar en su despacho, rozándola un poco y haciendo que ella perdiera el equilibrio desde sus altos tacones. Él la sujetó de la cintura. El pelo de ella rozó a Lance en el movimiento.

Lance olía bien. A Kate siempre le había gustado el aroma de su loción para después del afeitado.

Lance la miró, posando una mano en su hombro.

−Nunca me había dado cuenta de lo bonitos que son tus ojos −dijo él.

Kate se sonrojó.

−Supongo que no podías vérmelos cuando llevaba gafas.

−O, quizá, nunca me había fijado.

−No había nada en lo que fijarse −replicó Kate. Becca había tenido razón la noche anterior cuando le había sugerido que guardara en un cajón sus gafas y sus ropas viejas.

−Mereces que te miren, Kate.

−¿De veras?

−Sí. Siento no haberme dado cuenta antes.

−¿Por qué lo sientes?

−Porque eres muy guapa.

−No soy yo, es el maquillaje y el corte de pelo −indicó ella, sintiéndose incómoda ante el cumplido. Empezó a pensar en todas las cosas que su madre siempre le había criticado−. Tengo la boca demasiado grande.

Lance negó con la cabeza y le acarició los labios con el pulgar.

−Tu boca es preciosa. Muy tentadora...

−¿Tentadora? Soy yo, Lance. Kate Thornton.

Nunca antes habías pensado que era tentadora.

–Debo de haber estado ciego, Kate, porque me resultas muy tentadora.

Entonces, Lance inclinó la cabeza y acercó su boca. La besó.

Kate se puso de puntillas y lo besó también. Fue como ella siempre lo había imaginado y, al mismo tiempo, inesperado. Lo que nunca había podido imaginar era el sabor de su lengua. O el contacto de sus grandes manos sobre el pelo. Tampoco había podido prever que un solo beso fuera capaz de cambiar su vida por completo.

Capítulo Cuatro

Kate sabía a gloria. Era la pura imagen de la tentación y Lance supo que nunca se cansaría de besarla. No quería dejar de hacerlo.

Posó las manos a ambos lados del cuerpo de ella. ¿Cómo podían haberle pasado desapercibidas esas curvas tan seductoras y esos ojos tan grandes? A pesar de las gafas y de las ropas amplias, debía haberse fijado en lo sexy que era su secretaria.

Lance se apoyó en el borde de la mesa y la atrajo con fuerza contra su cuerpo. Ella tenía unos senos turgentes y apetecibles y le gustaba sentirlos contra su pecho.

Él inclinó la cabeza para besarla con más profundidad.

¿Cómo podía haberse perdido a Kate todos esos años?

Cuando levantó la cabeza, Lance se dio cuenta de que ella tenía los ojos cerrados. Tenía un aspecto tan inocente entre sus brazos... Entonces, se recordó a sí mismo que nunca había sabido manejar los asuntos delicados. Tener una amante era una cosa, pero no sabía qué hacer cuando las cosas iban más allá de lo puramente físico.

Lance le acarició el rostro y se dio cuenta de lo suave que era.

−¿Debería disculparme por este beso?

Kate abrió los ojos y lo miró aturdida un momento. Enseguida, se recuperó.

−¿Quieres hacerlo?

−No. Quiero besarte otra vez, pero no creo que la oficina sea el lugar adecuado.

−Pienso lo mismo.

El teléfono fijo sonó y Kate sonrió a Lance mientras respondía.

−Petróleos Brody, Kate al habla.

La sonrisa de Kate se desvaneció.

−Un momento, por favor.

−¿Quién es? −preguntó Lance.

−Tu prometida. Seguramente, preferirás hablar con ella en tu despacho.

Lance asintió. No le gustaba que Lexi hubiera interrumpido el momento, pero no podía seguir ignorándola.

–No hemos terminado de hablar –dijo Lance.

–Claro que no. Tenemos dos semanas por delante –repuso Kate y se sentó ante su escritorio.

–Cuando termine, quiero verte en mi despacho –ordenó él. No podía fingir no sentirse atraído por ella. Al mismo tiempo, no sabía cómo comportarse con la nueva Kate que discutía con él, se rebelaba y le llevaba la contraria.

–Por supuesto. Es mejor que respondas la llamada. No hagas esperar a tu prometida.

Lance se dio media vuelta y salió del despacho de Kate. Se sentó en su sillón de cuero y descolgó el auricular.

–Hola, Lexi.

–Hola, Lance. Sé que debes de estar ocupado, pero quería agradecerte la invitación a acompañarte en la fiesta del Cuatro de Julio. Quería saber qué tengo que hacer como anfitriona.

Lance no había pensado en Lexi como anfitriona.

–Mi secretaria se ocupará de los detalles.

–La llamaré para ver si necesita ayuda con

algo. Creo que, si queremos que nuestro matrimonio funcione, debería implicarme en Petróleos Brody.

–¿Por qué?

–Porque allí es donde pasas todo el tiempo –contestó Lexi–. Sé lo que tengo que hacer para ser una buena esposa. Necesitas que tu pareja se involucre en tu negocio.

Lance sabía que eso era cierto. Pero no quería que Lexi se mezclara en su negocio. Se sorprendió a sí mismo al darse cuenta de que, cuando pensaba en una pareja femenina involucrada en su negocio, pensaba en Kate.

¿Por qué nunca se había dado cuenta de que Kate le gustaba?, se preguntó Lance. Era demasiado tarde para cambiar el pasado, pero quería que el futuro fuera diferente.

Sin embargo, Kate no quería seguir en su empresa y él estaba comprometido con Lexi. Necesitaba encontrar una solución a aquel lío, se dijo. ¿Iba a ser capaz de hacer que funcionara su relación con Lexi? ¿Y dónde encajaba Kate en eso?

Mitch y Lance habían decidido que era necesario formar una alianza con los Cavanaugh. Y Lance siempre había dado prioridad a Petróleos Brody. Sabía con exactitud lo que tenía que hacer y cómo debía actuar. Era su oportunidad de probar que no era un fracaso como su padre.

Debía ser un buen hombre, reflexionó Lance. Un hombre que no besaría a Kate si no fuera a comprometerse con ella. Un hombre que no engañaría a Lexi. Un hombre que pudiera estar orgulloso de ser quien era.

–No tienes que preparar nada para el picnic. Hablaremos cuando llegues. Kate, mi secretaria, va a dejar el trabajo dentro de dos semanas. Si dices en serio que quieres implicarte más en el negocio, el picnic puede ser un buen momento para que hables con ella y te informe de los detalles de su trabajo.

–Lo digo en serio, Lance. Quiero que nuestro matrimonio funcione.

El tono sincero de Lexi hizo que Lance se sintiera avergonzado. Le había pedido que se casara con él y debía tratarla con respeto y estar a la altura de la situación.

–Nos vemos mañana –se despidió Lance.

–Tengo muchas ganas. Mitch no ha dejado de hablarme de la fiesta del Cuatro de Julio que da Petróleos Brody.

–Es el único día del año en que libran todos nuestros empleados. Cuando estábamos reconstruyendo el negocio, pensamos que, para tener éxito, teníamos que conseguir que nuestros trabajadores se sintieran parte de la familia de Petróleos Brody.

–Por el éxito que tiene la empresa, yo diría que lo has conseguido.

¿Pero a qué precio?, se cuestionó Lance. Mitch era tan adicto al trabajo como él. Y su futuro matrimonio no era real, era sólo de conveniencia. Lexi era sólo un paso más en su plan hacia el éxito. ¿Era ése el modo adecuado de actuar, sobre todo cuando tenía a su lado a una mujer como Kate? ¿Qué estaba haciendo?

Kate no podía creer que hubiera dejado que Lance la besara. Había sido maravilloso, increíble... pero muy estúpido. Estaba allí para aprender a olvidar a su jefe. Se suponía que debía usar esas dos semanas para dejarlo atrás.

Ella había querido sacarle el máximo partido a su aspecto y, por lo que parecía, lo había conseguido. Lance ni siquiera la había reconocido.

Lo triste era que Kate no había hecho nada más que ponerse ropas ajustadas. Qué diferentes podían ser las cosas con ropa nueva. Nunca lo habría creído. Sobre todo, porque su madre siempre le había dicho que el hábito hacía al monje y ella nunca había confiado en las palabras de su madre.

Kate miró el teléfono y vio que la línea de Lance seguía ocupada con la llamada de Lexi Cavanaugh. Ella no sabía nada de Lexi, pero se dijo que le debía mucho.

Si no hubiera sido por el compromiso de Lance con otra mujer, Kate habría seguido embutida en su anodina imagen de antes, hasta acabar convertida en una vieja solterona.

Un silbido la sacó de sus ensoñaciones. Marcus Wall había entrado en su despacho. Era uno de los geólogos que trabajaban para ellos, uno de los hombres que ayudaban a decidir dónde deberían perforarse nuevos pozos.

–Vaya, Kate, estás preciosa.

–Gracias –dijo ella, sonriendo.

–No me había dado cuenta de lo grandes

que son tus ojos –continuó Marcus y se apoyó en su escritorio.

Marcus había ido a su despacho cientos de veces y nunca antes se había acercado a ella ni le había hecho ningún comentario personal.

Kate se sintió incómoda. No quería que todos los hombres se fijaran en ella. Quería captar la atención de un solo hombre.

Eso era un problema, pensó Kate. Lance iba a casarse y ella debía seguir con su vida. Sin embargo, no podía interesarse por Marcus ni por nadie más. Su plan era un fracaso. Sólo tenía ojos para Lance.

–¿Kate?

–¿Sí?

–¿Qué te ha hecho cambiar así? ¿Un hombre?

–¿Por qué lo dices?

Marcus se encogió de hombros.

–Conozco a las mujeres –repuso él.

–¿Sí?

–Sí, tengo tres hermanas. Fui criado entre lobas.

–No me gusta que llames lobas a las mujeres.

–Tienes razón, pero sé que cuando una chica se arregla como tú, es por algo.

–Quizá, sólo he querido cambiar, sin más –mintió ella, sorprendida de que Marcus la estuviera ayudando a comprenderse a sí misma. Había algo detrás de todos los cambios que ella había hecho, reconoció para sus adentros.

Cuando Lance la había besado y la había tenido entre sus brazos, Kate se había sentido como una reina. Pero, luego, había vuelto a sentirse como la vieja Kate, como si no fuera más que una mascota para su jefe.

–Bueno, pues el cambio te sienta muy bien. ¿Está el jefe?

Kate miró el teléfono. La línea ya no estaba ocupada. Y ella quería que Marcus se fuera de su presencia. Esperaba no empezar a atraer a los hombres a diestro y siniestro.

–Sí, está.

–Me anunciaré yo mismo –dijo Marcus.

Kate asintió. Marcus siempre se presentaba de ese modo.

–Gracias, Marcus –dijo Kate.

–¿Por qué?

–Por ser tú mismo.

–Podría ser mucho más si me dejaras –sugirió Marcus.

–Durante unas semanas, ¿verdad? –preguntó Kate, sabiendo que Marcus era la clase de hombre que no tenía más que aventuras. Y, además, ella no quería tener nada con nadie que trabajara con Lance.

Su plan, que había trazado con dos copas de vino con su amiga Becca, le empezó a parecer... estúpido. Lo que tenía que hacer era su trabajo, buscar una sustituta e irse de Petróleos Brody antes de que fuera demasiado tarde.

–Sin duda. No soy la clase de hombre que se compromete para siempre.

–Marcus, ¿has venido a verme?

–Claro, jefe. Tengo buenas noticias sobre los derechos de extracción que hemos comprado.

–Es lo que quería oír –dijo Lance–. Entra en mi despacho y espérame un momento. Necesito hablar con Kate a solas.

Marcus le guiñó un ojo a la secretaria y entró en el otro despacho. Lance cerró la puerta.

–¿Qué necesitas? –preguntó Kate, intentando sonar distante y sofisticada. Pero era muy difícil porque, en realidad, se sentía como una niña pequeña. ¿Por qué dejaba que Lance la influyera tanto?

–Quería disculparme por mi comportamiento de antes.

–Creo que ya lo hemos hablado –repuso Kate. Lo último que quería era revivir el beso de nuevo. Para ella, había sido increíble y la respuesta a sus más íntimas fantasías.

–No sé por qué nos está pasando esto, Kate –insistió Lance–. Pero yo no voy a poder ignorarlo. Eres…

–No digas nada más. Tú vas a casarte y yo voy a dejar este trabajo.

–¿Por qué te vas?

Kate lo miró y consideró la posibilidad de decirle la verdad. Pero, en cierto sentido, pensó que él no iba a reaccionar bien si le confiaba que se iba porque lo amaba y porque se le rompería el corazón en mil pedazos si lo veía casado con otra.

–Me voy porque no puedo seguir trabajando para ti.

Aquello no era mentira, pensó Kate. Por suerte, él pareció aceptarlo como respuesta.

Kate pasó el resto del día haciendo su trabajo y se dio cuenta de que todos los hombres de la oficina empezaban a fijarse en ella. Debió haberle servido para albergar esperanzas de enamorarse de otro hombre, pero no fue así. Sólo se sentía triste porque el hombre que le había hecho cambiar parecía ignorarla de nuevo, a pesar de haberla besado.

La fiesta del Cuatro de Julio se celebraba en la finca de Lance en Somerset, junto al lago. Había una zona para jugar al voleibol, deporte que él practicaba desde el instituto. Más tarde, jugarían el partido anual entre directivos y empleados.

Los encargados del catering habían estado trabajando desde antes del amanecer y el aire estaba impregnado de deliciosos aromas. Había un pinchadiscos poniendo música en una carpa y todo estaba decorado en los colores de la bandera de Estados Unidos: rojo, blanco y azul.

Lance vio a Kate nada más llegar a la zona de la fiesta.

—Feliz Cuatro de Julio.

—Igualmente. ¿Qué quieres que haga?

—Bueno, Mitch va a llegar tarde, así que puedes ayudarme a repartir las etiquetas con los nombres y a dar la bienvenida a los que van llegando.

Desde el primer año que habían celebrado la fiesta, se había convertido en una costumbre el que saludaran en persona a todos los presentes. Mitch, él y Kate.

–No puedo creer que sea el último año que vas a estar aquí –dijo él.

Lance había dejado de intentar convencerla de que se quedara. Kate había asegurado que no iba a cambiar de idea y, como él pretendía comportarse como un novio decente con Lexi, había pensado que no debía intentar retener a la mujer con la que tenía fantasías todas las noches.

–Yo tampoco. Voy a echarlo de menos. Pero tendrás una nueva anfitriona este año –señaló Kate.

–Sí. Creo que Lexi quiere hablar contigo para que le cuentes todos los detalles del evento y ponerse al día.

Kate se mordió el labio inferior pero asintió.

–La invitaré a la reunión que celebraré después de la fiesta con el equipo de planificación. Así, además, podrá conocer a la gente.

—Gracias. ¿Vas a quedarte en Somerset esta noche?

—No lo sé. Mis padres se han ido a Frisco para visitar a mi hermano y su familia.

—No ves a tus padres mucho, ¿no?

—No estamos muy unidos —admitió ella—. Ellos están ocupados con su vida y yo estoy ocupada con el trabajo. Pero, si los necesitara, podría contar con ellos.

Lance había aprendido de su propia experiencia que sólo podía contar con la familia que él mismo había creado. Su hermano y Darius formaban parte de esa familia.

Lance había hablado con Darius el día anterior para preguntarle por la investigación, pero no había muchas noticias.

—¿Sabes algo de Mitch? Cuando hablé con él ayer, me dijo que llegaría tarde. Pero vamos a necesitarle para anunciar los premios anuales —comentó Kate.

—Sí, es verdad —repuso Lance—. ¿Estás lista para jugar al voleibol en mi equipo este año? —propuso.

—Oh, no lo sé.

—Todos los años dices que el siguiente. Pero éste es tu último año…

–¿Para qué quieres que juegue? –preguntó ella–. No estoy muy en forma.

–Sólo para divertirnos. Vamos, Kate –pidió Lance. Quería pasar todo el tiempo posible con ella. Al menos, antes de que llegara Lexi. Se dio cuenta de que debía esforzarse en no olvidar a Lexi. Sólo podía pensar en Kate.

–De acuerdo, jugaré. Pero sólo si llega a tiempo Mitch, porque uno de nosotros tiene que quedarse en la mesa de bienvenida.

–Llegará –aseguró Lance–. ¿Qué regalos hay este año en la bolsa de bienvenida?

–Una camiseta y otros recuerdos de la compañía. Y pistolas de agua para los niños.

–¿Por qué sólo para los niños? –preguntó Lance, sonriendo.

–Porque el año pasado, Mitch y tú no parasteis de disparar a todos.

–¿Sigues enfadada porque te sorprendimos en un fuego cruzado?

–Claro que no.

Lance recordó el aspecto que Kate había tenido con una camiseta demasiado grande empapada y pegada a los pechos. Lo cierto era que había sido entonces cuando había reparado en que su secretaria era más atractiva de lo que parecía. Sin embargo, ella había parecido tan disgustada, que él se había quitado su propia camiseta y se la había ofrecido. Kate la había aceptado y se había ido de la fiesta minutos después.

—¿Qué estás pensando? —quiso saber ella.

—En el aspecto que tenías con la camiseta empapada el año pasado.

Kate se sonrojó.

—Bueno, pues no lo pienses. No debes pensar en cosas como ésa. Recuerda que dijiste que no querías caer más en la tentación.

—Creo que no ha sido una decisión muy acertada, Kate.

—¿Por qué no?

Lance echó un rápido vistazo a su alrededor. Era todavía temprano y no había llegado nadie, a excepción del equipo que estaba preparando la fiesta. Le acarició el rostro a Kate y la miró a los ojos.

—No puedo ignorar cómo me haces sentir.

—Por favor, no —rogó ella, mordiéndose el labio inferior.

—¿No qué?

Kate se apartó.

—No digas esas cosas. Porque puedo creerlas y hacer algo estúpido, como besarte. Luego, cambiarás de opinión y me volveré a sentir como una tonta.

–No te sientas tonta –dijo Lance. Se inclinó y la besó. Llevaba dos días esperando para hacerlo, desde que había visto a Marcus apoyado en su escritorio, hablando con ella.

Lance quería asegurarse de que Kate supiera que él era el único hombre al que debía besar.

Sus labios sabían tan bien… Lance tuvo que reconocer que la deseaba. Con Lexi o sin Lexi, no podía seguir manteniéndose alejado de Kate.

Capítulo Cinco

Mitch llegó al picnic con aspecto de ejecutivo triunfador. En parte, Lance envidiaba a su hermano pequeño. Pero, al tener a Kate a su lado y también a Mitch, se sintió de maravilla.

–Parecéis muy felices los dos –comentó Mitch–. ¿Te ha convencido Lance al fin de que te quedes?

Kate negó con la cabeza y Lance se dio cuenta de que todavía tenía que ocuparse de muchas cosas antes de poder recuperar a su pequeña Katie.

–Vayamos a mi despacho de la casa a llamar a Darius –propuso Lance a su hermano.

–¿Ahora mismo? –dijo Mitch.

–Sí. No he tenido oportunidad de hablar con él hoy y la prensa no deja de llamar, preguntando qué noticias tenemos.

–El senador Cavanaugh también está esperando respuestas. Hasta que las tenga, no nos ayudará a conseguir una ampliación de la refinería, por mucho que vayas a casarte con su hija.

Lance se sintió impresionado por su hermano menor. No se parecía físicamente a su padre y, sin embargo, tenía su mismo vigor. Además, a Mitch se le daba bien tratar con los políticos, mientras que él sólo sabía tratar con la gente de la refinería.

–¿Por qué me estás mirando así? –preguntó Mitch.

–Estaba preguntándome de dónde has sacado esa habilidad tuya para la política.

Mitch se encogió de hombros.

–Supongo que de mamá.

–Quizá. Siempre me olvido de ella –replicó Lance

Alicia Brody lo había hecho lo mejor que había podido. Y Lance sabía que, cuando había dejado a su marido, había sido porque no había podido soportar más su rudeza. Hacía mucho tiempo que él había aprendido a arrinconar sus sentimientos de abandono.

–¿Sabes? Entiendo a mamá, comprendo por qué me abandonó –comentó Lance mientras los dos hermanos entraban en la casa–. Yo soy la viva imagen de nuestro padre. Pero nunca entendí por qué te abandonó a ti.

Mitch se frotó la nuca y se dirigió al mueble bar del salón.

–Creo que nuestra madre no quería que ninguno de los dos estuviéramos solos. Siempre he pensado que ella sabía que, si yo no me quedaba, tú no lo soportarías.

A Lance no le gustó cómo sonó aquello. Él siempre se había considerado el hermano protector, quien se había encargado de cuidar a Mitch.

–¿De veras?

–Bueno, no lo sé. No soy mujer y, si te soy sincero, no entiendo a las mujeres –admitió Mitch.

Lance se rió. Su propia situación en relación a las mujeres ya era bastante complicada. Su compromiso no había hecho su vida más fácil, como había esperado. Aunque había decidido ser el hombre que Lexi se merecía, no podía dejar de besar a Kate.

–Hablando de mujeres, le he comprado un collar a Lexi. ¿Crees que es la clase de mujer a la que le gustaría recibir el regalo en público? –preguntó Lance.

Mitch se sirvió dos dedos de whisky en un vaso grande y lo apuró de un trago.

—No.

—No estaba seguro. Supongo que es mejor que se lo dé cuando la lleve a casa más tarde. Me alegro de que vaya a venir hoy.

—Su padre se lo pidió. Creo que el senador quiere saber cómo somos en nuestra propia casa.

—Cavanaugh sabe cómo somos. Texanos, como él. Y no deberíamos olvidar eso.

Mitch sirvió un vaso de whisky para Lance y se lo tendió.

—Por los texanos —brindó Mitch.

Lance brindó con su hermano y se bebió el vaso de un trago. Le gustó sentir cómo la bebida le quemaba la garganta.

La banda empezó a tocar en el exterior.

—Llamemos ya a Darius y zanjemos ese asunto para poder disfrutar de la fiesta.

—Buena idea.

Lance caminó por el pasillo hacia su estudio. El cuarto estaba decorado en tonos oscuros de marrón y cuero. Él mismo había elegido los muebles, en vez de dejárselo a un diseñador de interiores. Había tenido muy claro el aspecto que quería que tuviera su despacho.

Había una fotografía en blanco y negro en la pared y un retrato al óleo de Mitch y él, hecho para conmemorar el día en que habían abierto su primer pozo.

—¿Recuerdas ese día? —preguntó Mitch.

—Claro que sí. Pienso en él a menudo. Fue cuando supe que tú y yo íbamos a lograrlo.

—Yo siempre supe que lo conseguiríamos —aseguró Mitch—. Ninguno de los dos sabe rendirse.

—Eso es verdad —repuso Lance y marcó el número de Darius con el altavoz del teléfono activado.

—Darius al habla —respondió el jefe de seguridad.

—Somos Lance y Mitch.

—Feliz Cuatro de Julio. Supongo que llamáis para saber cómo va la investigación.

A Lance le gustaba que Darius siempre fuera directo al grano. Era uno de sus mejores amigos y el tipo de hombre con el que sabía que podía contar.

—Eso es.

—Me temo que no tengo muchas novedades.

Siguen diciendo que ha sido provocado y han encontrado dónde empezó el incendio, pero ahora tienen que investigar qué acelerante de combustión se empleó para hacer que se extendiera el fuego. Una vez que lo descubran, empezarán a averiguar dónde fue vendido.

–¿Cuánto tiempo crees que tardarán? –inquirió Lance.

–¿Quién sabe? Pero sigo en contacto con ellos a diario y te aseguro que están esforzándose mucho en este caso.

Darius les comunicó un par de detalles más y, antes de colgar, Lance y él quedaron en tomar algo juntos hacia finales de semana.

–¿Vas a estar en la ciudad la semana que viene? –preguntó Lance a su hermano.

–Si consigo que el senador Cavanaugh vuelva a ponerse de nuestro lado, sí. Si no, tendré que volver a Washington D. C. Es un momento crítico en nuestros tratos con él.

Lance asintió.

–Gracias por ocuparte de esto, hermano.

–También es mi empresa y tengo tantos deseos de que triunfe como tú –repuso Mitch.

Lance no lo dudaba. Cuando su padre había muerto, los dos hermanos se habían jurado dar prioridad a la compañía y convertirla en la mejor refinería del mundo.

Habían sufrido algunos altibajos con los huracanes y con las huelgas de trabajadores, pero Mitch y él juntos habían superado cualquier obstáculo hasta el momento. Lo del incendio provocado era sólo una complicación… nada que los dos no pudieran solucionar.

Kate intentó no pensar demasiado en el beso que Lance le había dado en la mesa de recepción de la fiesta. Se dejó las gafas de sol puestas y no dejó de mirar al suelo mientras jugaba al voleibol.

A Lance le tocaba sacar. Jugaba muy bien. Lo cierto era que él lo hacía todo bien, pensó Kate. Y era un excelente deportista. Aunque la mayoría de los trabajadores de Petróleos Brody estaban en buena forma, para ella ninguno tenía mejor aspecto que Lance Brody. Entonces, recordó cuando él se había quitado la camiseta el año anterior, para dársela a ella.

Lance tenía la complexión de un campeón de lucha libre, pensó Kate. Y, por lo que ella había escuchado de su infancia, él había crecido con un padre a quien le gustaba dar palizas.

−¡Kate!

Kate se giró hacia la red, justo cuando la pelota iba hacia ella. Levantó las manos, no para golpear la pelota, sino para protegerse el rostro. La verdad era que odiaba practicar ese tipo de deportes.

La pelota rebotó en ella y se dirigió al suelo. Marcus se lanzó a por la pelota para impedir que tocara el suelo. Joan la golpeó y la lanzó de vuelta al otro lado de la red.

Kate se dio cuenta de que casi había hecho perder un punto a su equipo y decidió que era hora de dejar el juego.

−Voy a sentarme un rato.

Nadie objetó nada y Kate se alegró por ello. Se sentó a uno de los lados, desde donde vio el resto del partido y habló con algunas de las familias de los trabajadores que llevaban en Petróleos Brody desde que Lance y Mitch habían tomado posesión de la compañía tras la muerte de su padre.

Muchas personas le hicieron comentarios sobre su cambio de aspecto y le dijeron que estaba muy guapa. Kate les dio las gracias. Estaba empezando a acostumbrarse a su nueva imagen y ya no se veía como una extraña delante del espejo.

Kate fue a por una botella de agua cuando el partido terminó, con la victoria para el equipo de Lance. Ella le tendió la botella y él la abrazó.

–Hemos ganado.

–Como siempre –dijo Kate con una sonrisa y pensó que iba a echar de menos la relación que tenía con Lance. Cuando estaban fuera de la oficina, ella no se sentía como su secretaria.

–Ganar se me da muy bien.

–Es verdad –afirmó ella, diciéndose que, tal vez, ésa era una de las cosas que le atraían de él. Lance tenía siempre una actitud positiva y se esforzaba hasta conseguir lo que quería.

–Acompáñame a la casa.

–¿Por qué?

–Porque quiero hablar contigo. ¿Tienes preparados los fuegos artificiales?

–Sí. Igual que el año pasado. La música está lista también y el pinchadiscos está encargado de anunciarlo todo.

Todo el mundo quería hablar con Lance y,

aunque él le había pedido que lo acompañara, Kate enseguida quedó relegada fuera del círculo que lo rodeaba. Fue entonces cuando ella vio a Mitch en la mesa de recepción de la fiesta, con Lexi Cavanaugh.

Era una mujer hermosa y sofisticada, que tenía todo lo que a ella le faltaba, pensó Kate. Sería la pareja perfecta para Lance, la hija de un senador, con experiencia en las relaciones públicas y llevar a cabo servicios para la comunidad. Petróleos Brody siempre intentaba buscar maneras de aportar beneficios a la comunidad donde se encontraban sus refinerías. Y Lexi sería estupenda para hacer ese trabajo.

—¿Quieres una cerveza?

Kate se giró y vio a Marcus frente a ella, con dos cervezas en la mano. Le tendió una. Ella sonrió y la aceptó.

—Gracias por salvar mi pelota en el partido.

—De nada. Tenías aspecto de estar desbordada por el juego.

Kate se encogió de hombros.

—Pensé que debería jugar al menos una vez antes de irme.

—Así que los rumores son ciertos —dijo Marcus y le dio un largo trago a su cerveza.

Marcus era un hombre muy atractivo, observó Kate. Era alto, medía casi dos metros, y lucía una barba pelirroja muy bien arreglada. Tenía el pelo un poco largo en la parte de arriba, pero bien cortado en la nuca.

—Sí, son ciertos —señaló ella, dando un trago a su bebida.

—Puedo asegurarte que todos vamos a echarte de menos —afirmó Marcus.

—Lo dudo. Otra persona ocupará mi lugar y se encargará de poner orden en la compañía.

—Pero esa persona no serás tú.

—Lo tomaré como un cumplido. Pero tú ni siquiera te habías fijado en mí hasta que no me he puesto maquillaje —repuso Kate, mirándolo de cerca. Por muy atractivo que fuera Marcus, no podía comparársele a Lance, pensó ella.

—Eso es verdad. Pero no quiere decir que no esté siendo sincero.

—¿Puedo preguntarte algo?

—Claro —dijo Marcus.

—¿Por qué antes yo parecía invisible? —quiso saber Kate—. Era por algo más aparte de la ropa y las gafas, ¿no?

Marcus dio otro sorbo a su cerveza.

—Era más que eso. No es que fueras invisible, yo diría más bien que eras como una hermana, ¿sabes? Una mujer amable a quien no veíamos como un ser sexual.

—¿Y ahora sí?

—Sí, yo sí. No sé los demás.

Kate asintió y apartó la mirada.

—No soy yo el hombre que querías que se fijara en ti, ¿verdad?

Ella negó con la cabeza.

—Eres un hombre atractivo, pero no eres mi tipo.

Marcus se rió.

—Bueno, parece que todo lo que va, viene. No sabes cuántas veces les he dicho yo eso mismo a las mujeres.

Kate se rió también. Le dio a Marcus un rápido beso en la mejilla y se giró para irse. Entonces, se chocó con Lance, que estaba parado justo detrás de ella.

Lance tomó a Kate del brazo y se alejó de Marcus con ella. Nunca se había sentido tan furioso antes. Quería ser él quien la hiciera reír y sonreír, no Marcus.

–¿Estás bien? –preguntó Kate.

–Yo… no, no estoy bien. No me gusta que coquetees con Marcus.

–¿Y a ti por qué te importa con quién coquetee? –replicó Kate, enojada.

Porque ella era suya, pensó Lance. Pero eso no podía ser, pues él había pedido a otra mujer en matrimonio.

Entonces, Lance se dio cuenta de que no iba a poder casarse nunca con Lexi. No tenía lo que él buscaba en una mujer y no sentía ninguna pasión por ella. Pero la pasión podía provocar celos y él no podía permitirse perder el control, como le había sucedido a su padre. Quizá, por eso, era mejor que se casara con alguien que no encendiera su pasión, como Lexi. Y, tal vez, Kate sería más feliz con un tipo como Marcus.

–Maldición. Sé que no tengo ningún derecho a decirte esto, Kate, pero me gustas. Y creo que tú sientes lo mismo –dijo Lance.

Kate se sonrojó, pero no intentó apartarse de él.

–Sí. Creo que es hora de que sepas que me gustas desde hace mucho tiempo.

–Bien.

—¿Bien? —dijo ella—. Eso suena bastante arrogante.

—Sí, me parece bien —repuso Lance. En los últimos dos días, había tenido mucho tiempo para pensar en Kate—. Porque si un sentimiento tan fuerte como el mío no fuera correspondido, no sería sano.

—Entiendo.

—Me alegro —dijo él. Inclinó la cabeza y la besó—. Ven a la casa conmigo mientras me ducho y me cambio.

—¿Que vaya a la ducha contigo? —preguntó ella.

—¿Te gustaría? —quiso saber él, arqueando las cejas.

Kate se sonrojó y le dedicó una tímida sonrisa.

—Quizá.

Lance la estaba llevando de la mano hacia la casa cuando vio a un equipo de urgencias corriendo a través del jardín. Soltó la mano de Kate y los dos se giraron hacia la carpa donde estaba la comida.

—Tengo que ver qué ha pasado —dijo él.

—Lo sé.

Lance notó que Kate lo estaba siguiendo y

que estaba tan preocupada por la emergencia como él.

Lexi estaba sentada en un banco, entre dos enfermeros. Tenía el rostro enrojecido.

—¿Qué ha pasado?

—Parece que es una insolación —dijo uno de los enfermeros.

—¿Estás bien? —preguntó Lance a Lexi.

Lexi asintió con la cabeza, con aspecto de sentirse avergonzada.

—Debí haber bebido más agua.

—No pasa nada. ¿Tiene que ir a urgencias? —preguntó Lance a los enfermeros.

—No. Estará bien si descansa un poco en una habitación fresca y deja que su cuerpo se recupere de tanto sol.

—Te llevaré a la casa —se ofreció Lance.

Kate estaba a su lado. Por su mirada, Lance supo que ella pensaba que era hora de terminar con Lexi. Pero no era el momento, se dijo él. No de esa manera.

Lance ayudó a Lexi a levantarse. Lexi se apoyó en él. Kate lo miró, meneando la cabeza, y se fue.

Él tuvo que dejarla marchar, no podía hacer otra cosa. No le gustó, pero estaba atado de pies y manos. No podía ir tras Kate hasta que no se ocupara de Lexi.

Acomodó a Lexi en un sofá de su salón.

–Gracias, Lance.

–¿Por qué? –preguntó él. Apenas conocía a Lexi. Era una mujer muy hermosa, pero casi no había hablado con ella. Sólo habían compartido un par de cenas.

–Por ocuparte de mí. Lo siento si ha sido una situación embarazosa.

Lance se encogió de hombros.

–No pasa nada. Voy a ir a cambiarme. ¿Estarás bien?

Ella asintió.

–Tengo un mayordomo, Paul. No es una compañía muy amena, pero le pediré que te eche un vistazo.

Lexi negó con la cabeza.

–Por favor, no lo hagas. Me quedaré aquí sentada, tranquila.

–¿Estás segura?

–Sí.

Lance la dejó y subió las escaleras a su dormitorio. De camino, llamó a Mitch por el móvil. No lo había visto entre la multitud cuando había ido hacia la casa con Lexi.

—Brody al habla.

—Soy Lance. ¿Puedes venir a la casa? Lexi ha tenido un problema, una insolación. Necesito darme una ducha, pero no quiero dejarla mucho tiempo sola.

—¿Está bien? —preguntó Mitch.

—Pálida y débil, pero bien —repuso Lance.

—¿Necesita un médico?

—No. Los enfermeros la han examinado. ¿Dónde estabas?

Mitch no respondió.

—Voy de camino a la casa —dijo Mitch.

—De acuerdo. Estoy arriba. Lexi no parecía querer compañía, pero no me gusta dejarla sola si no se encuentra bien.

—Pienso lo mismo. Yo me ocuparé.

Lance colgó. Se dio una ducha rápida y se cambió. Pensó en las dos mujeres que formaban parte de su vida en ese momento. No importaba que Lexi no fuera la mujer que él quería. Aun así, ella se merecía su respeto y conocer la verdad.

Lance reconoció para sus adentros que él había sido el único causante de todo el lío. Terminó de vestirse y bajó las escaleras, decidido a hablar con Lexi. No podía casarse con ella, no mientras sintiera lo que sentía por Kate.

Kate era la mujer con la que quería compartir su vida. Sabía, sin duda, que no podría vivir sin ella. No podría olvidarla.

Lance se apresuró a bajar, ansioso por hablar con su prometida y con su hermano. Entonces, recibió un mensaje de texto de Mitch diciendo que iba a llevar a Lexi al hotel.

Después de haber tomado una decisión respecto a Lexi y Kate, Lance se sintió mucho mejor. Le gustaba la nueva Kate y estaba determinado a no dejarla marchar de su vida, costara lo que costara.

Capítulo Seis

Lexi Cavanaugh era una mujer muy hermosa, se mirara como se mirara. El hecho de que fuera su prometida debía haberle provocado orgullo, pensó Lance. Pero Lexi era una extraña y se sentía raro a su lado. Todo lo contrario de lo que le sucedía con Kate.

«Kate», pensó Lance. Ya había decidido terminar su relación con Lexi. Pero debía ser cuidadoso. Necesitaba contar con Lexi y sus contactos familiares y no podía romper bruscamente con ella.

Lance llegó al final de las escaleras y oyó voces discutiendo.

–¿Va todo bien?

Mitch y Lexi estaban de pie en el salón, frente a frente. Lexi tenía los puños apretados y lágrimas en los ojos.

–Lexi, ¿qué sucede?

–Nada.

–¿Mitch?

–Estábamos hablando de un evento al que asistimos juntos en Washington D. C. –repuso Mitch.

Lance asintió.

–Me alegro de ver que te sientes mejor, Lexi. Quería darte la bienvenida a nuestra familia. Ya conoces a Mitch y te habrás dado cuenta de que somos una familia muy unida, aunque sólo seamos dos.

–Me he dado cuenta de que Mitch haría cualquier cosa por ti –dijo Lexi.

Mitch la miró con gesto tenso.

–Y yo por él –señaló Lance.

Lance atravesó el salón y tomó de la mesa de la entrada la cajita con el regalo que le había comprado a Lexi. Llevaba el emblema de su joyero favorito y un discreto lazo blanco. Se dirigió hacia Lexi, sonriendo.

Ella no parecía estar prestándole atención.

–¿Quieres sentarte? –ofreció Lance.

–No. Quiero irme a casa –dijo ella.

–Yo te llevaré –propuso Lance.

Lexi negó con la cabeza y reparó en la cajita que él tenía en la mano.

–¿Eso es para mí?

–Sí –contestó Lance y se lo tendió.

Lexi lo tomó en sus manos. Lance se dio cuenta de que tenía las uñas largas y cuidadas. Y, por primera vez, intentó imaginar cómo sería estar con Lexi en la cama. No fue capaz. La única mujer que podía imaginarse en su cama era Kate.

No le costaba nada imaginar el largo cabello moreno de Kate sobre su almohada. Sus hermosos ojos mirándolo... Kate era la mujer que él quería.

Lexi se sentó y desenvolvió la cajita despacio. Lance se quedó mirándola, preguntándose si habría cometido un error colosal al pedirle que se casara con él.

Ella sostuvo la cajita entre las manos, sin abrirla.

–¿Por qué me has comprado un regalo?

–Para darte las gracias por aceptar casarte conmigo.

Lexi bajó la cabeza y abrió la cajita. Lance la oyó contener el aliento y se dijo que aquello era buena señal.

Entonces, Lance miró a su hermano y se dio cuenta de que Mitch estaba observando a Lexi fijamente... del mismo modo que él miraba a Kate a veces. Maldición. ¿Estaría su hermano prendado de Lexi?

−¿Me ayudas a ponérmelo? −pidió Lexi.

Lance se colocó detrás de ella. Mitch hizo lo mismo.

−Estoy acostumbrado a ocuparme de tus cosas −dijo Mitch, encogiéndose de hombros.

−Gracias, Mitch. Sin tu ayuda, no sé qué habría hecho −observó Lance.

Lexi se puso en pie y se levantó el pelo. Lance le abrochó el collar de diamantes alrededor del cuello.

−Sí, gracias, Mitch, por ocuparte tan bien de las cosas de tu hermano −comentó Lexi.

−No ha sido nada. Estoy acostumbrado a tratar con herederas ricas y problemáticas −repuso Mitch.

−¿Ah, sí? −preguntó Lexi.

−Sí. Como nuestra madre −señaló Mitch.

−Claro que sí −intervino Lance, sin estar seguro de qué estaba pasando entre su hermano y su prometida−. Pero Lexi no se parece en nada a mamá.

−No, no se parece −dijo Mitch.

Entonces, sonó el móvil de Mitch y se excusó para responder la llamada.

Lance se encontró a solas con su prometida por primera vez desde que ella había aceptado casarse con él. Y quiso saber si había alguna posibilidad de que su relación funcionara. Posó las manos sobre los hombros de ella, para hacer que lo mirara.

Lexi levantó la mirada. Abrió mucho los ojos, pero el sentimiento que había en ellos no tenía nada que ver con la pasión, era más bien... algo que Lance no pudo identificar.

Entonces, la besó en los labios con suavidad. La boca de ella estaba seca y el beso careció de emoción.

Lance no quería verse atrapado en un matrimonio sin pasión. Era obvio que Lexi no se sentía atraída por él y él tampoco sentía nada por ella.

–Gracias por el regalo. Es muy bonito.
–De nada.
Un claxon sonó fuera y Lexi se miró el reloj.
–Debe de ser mi taxi.
–Iba a llevarte yo.
–No quiero ser una molestia. Gracias por invitarme a la fiesta –dijo Lexi–. Me ha gustado mucho ver qué clase de compañía es Petróleos Brody.

–De nada. Kate dijo que iba a invitarte a asistir a la reunión de organizadores de la fiesta.

–Suena genial. Esperaré su llamada –repuso Lexi y salió de la casa en dirección al taxi.

Lance la acompañó hasta el coche y le abrió la puerta para que entrara en el taxi.

Lexi le sonrió y se despidió. Él cerró la puerta y se quedó allí parado, viendo cómo se alejaba.

Lance se frotó la nuca y tuvo el presentimiento de que su matrimonio con Lexi sería un gran error. Y él se vanagloriaba de no cometer errores. Se preguntó si debía haber terminado su relación allí mismo, pero se dio cuenta de que no podría haberlo hecho. Lexi parecía muy vulnerable. Además, necesitaba hablar con Mitch sobre los sentimientos de su hermano hacia ella.

Parecía haber algo más entre los dos que una relación superficial, pensó Lance. Pero se preocuparía por eso otro día. En ese momento, tenía que hacer de anfitrión de su fiesta y ocuparse de sus empleados. Y eso era lo que iba a hacer.

Después de que encontrara a Kate.

Tenía que hablar con ella. Necesitaba verla. Kate siempre había sido su piedra angular en Petróleos Brody y reconoció que, en ese momento, la necesitaba a su lado.

Kate se había pasado la mayor parte de la tarde intentando evitar a Lance y se alegró de que se pusiera el sol. Pronto, llegaría el momento de los fuegos artificiales del Cuatro de Julio. Siempre le habían encantado.

Se sentía… estúpida. Se suponía que debía olvidarse de Lance y no enamorarse más todavía.

Era una estupidez, de veras, pensó, pero le había afectado mucho ver cómo había actuado Lance con Lexi. Sabía que, a pesar de sus rudos modales, Lance era el tipo de hombre que nunca dejaría de lado a sus amigos, pasara lo que pasara.

Y, en parte, Kate se había dado cuenta de que Lance había tratado a Lexi como a una amiga y nada más. Más o menos como la había estado tratando a ella durante todos aquellos años, hasta que ella le había anunciado que iba a dimitir.

Lo que Kate necesitaba era un trabajo en otra ciudad, pero no podía imaginarse vivir en ningún sitio que no fuera el sur de Texas. A diferencia de algunas amigas suyas del instituto, ella siempre había querido vivir allí.

Le gustaban el calor y la humedad de Houston. Le gustaban el ambiente cosmopolita de la zona y los grandes espacios abiertos que había a pocas horas de distancia de la ciudad.

Kate se cruzó con unos niños que corrían y jugaban y sintió un nudo en la garganta al pensar en la familia.

Siempre había querido formar una familia, pero no le había parecido que fuera algo posible para ella. Y, aunque su aspecto había cambiado... seguía pareciéndole imposible tener un esposo e hijos.

–¡Eh, chica! –llamó Becca.

–¡Becca! Me alegro mucho de que hayas podido venir. Gracias –dijo Kate y abrazó a su amiga.

Juntas, caminaron hacia la zona desde donde iban a verse los fuegos artificiales.

–No me lo habría perdido por nada del mundo. Siento haber llegado tan tarde.

–No pasa nada –repuso Kate–. Creo que

Lance va a asistir a una fiesta en el Club de Ganaderos de Texas más tarde y quería...

–Una amiga –la interrumpió Becca–. Lo entiendo. ¿Cómo ha ido todo hoy?

–Bueno, bien, supongo. He besado a Lance y ha sido...

–¿Qué?

–Como había soñado siempre. Pero, entonces, Lexi sufrió una insolación y él tuvo que ir a atenderla.

Becca agarró a su amiga del brazo.

–¿Ella está bien?

–Sí. Pero me ha hecho darme cuenta de que no quiero tener una aventura con Lance. Quiero poder tener una relación con él, como pareja. No quiero tener que esconderme.

–Me alegro por ti. Convertirte en su amante no te pegaría nada –comentó Becca.

–¿Y a ti?

–Claro que no.

Las dos mujeres se rieron.

–¿Te gusta algún otro hombre? –preguntó Becca.

–La verdad es que no. Creo que le gusto a Marcus.

Becca se rió de nuevo y Kate se relajó por

primera vez en todo el día, sintiéndose segura con su amiga. Sabía que Becca la quería a pesar de todo. No le importaba si llevaba ropas horribles ni si estaba gorda. Su amiga la quería tal como era.

–No me sorprende. Eres una mujer muy atractiva.

–Sí, ya. Eres mi amiga, por eso lo dices –replicó Kate–. Lo que me ha sorprendido es que a Lance le molestara que coqueteara con Marcus.

–Peor para él –dijo Becca–. Lance Brody ha tenido su oportunidad y la ha dejado escapar.

–Quizá me arrepienta de ello, Becca –declaró una voz familiar.

–Bien –señaló Becca–. Ya era hora de que te dieras cuenta, Lance.

Kate se sonrojó, avergonzada, al ver a Lance detrás de ellas.

–Así es –afirmó Lance.

Lance acompañó a las dos mujeres a la zona de la barbacoa. Charlaron mientras la banda tocaba y Becca salió a bailar. Kate miró a Lance. Ella también quería bailar, pero sabía que no debían bailar juntos… no mientras él siguiera comprometido con Lexi.

–Quiero mostrarte algo –dijo Lance y la guió lejos de la multitud–. El lugar perfecto para ver los fuegos artificiales.

–¿Y dónde es eso?

–Entre mis brazos.

Kate se detuvo.

–No digas nada que no pienses, Lance.

–No lo hago.

–¿Y qué pasa con Lexi? ¿Cómo está, por cierto?

Kate había visto a la hija del senador sólo un momento, pero adivinaba que no era una mujer débil.

–Bien. Ha vuelto al hotel para descansar.

–Me alegro –dijo Kate–. No puedo hacer esto... no puedo tener una aventura con un hombre que le pertenece a otra mujer.

Lance tomó el rostro de ella entre las manos.

–Hoy me he convencido de que te necesito, Kate. Siento no haberme dado cuenta antes de que eres una mujer fascinante.

Kate intentó proteger su corazón y se dijo que no podía creer en sus palabras.

–¿Qué te ha hecho darte cuenta?

–Lo guapa que eres.

–Eso no es muy halagador.

–Es la verdad. No voy a mentirte ni intentar convencerte de que me di cuenta cuando dijiste que ibas a dimitir. Lo cierto es que fue cuando te miré... me di cuenta de que eres todo lo que quiero.

–Lance...

–¿Qué? ¿Prefieres que mienta y me invente un cuento? Sabes que no soy de esa clase de hombres. Tampoco soy de los que dejan que algo que quieren se les escape entre los dedos. Y tú me gustas mucho, Kate.

Sus palabras directas le llegaron al alma a Kate como un poderoso afrodisíaco. Desde hacía mucho tiempo, Lance le había gustado y había deseado que él le dijera que sentía lo mismo...

Lance la tomó entre sus brazos y la besó. Fue un beso lleno de pasión y Kate dejó de intentar razonar, dejó de intentar no sentirse atraída por él. Entonces, se dio cuenta de que, tal vez, ésa sería la única manera de liberarse.

Deseaba a Lance Brody y no iba a apartarse de él en ese momento, justo cuando él la rodeaba con sus brazos. No hasta que tuviera la oportunidad de experimentar lo que sentía siendo suya.

Aquello era lo único que había querido desde el primer día que había trabajado en Petróleos Brody, reconoció Kate para sus adentros. Lo rodeó con sus brazos y se puso de puntillas para acercarse más a él.

Lance entrelazó su lengua con la de ella y Kate hundió los dedos en el cabello de él, acariciándole la nuca.

¡Cielos!, se dijo Kate. ¡Estaba entre los brazos de Lance Brody!

Lance no había trazado un plan de seducción. Sólo quería besar a Kate porque le parecía un sacrilegio no hacerlo. Era el Cuatro de Julio y él era un hombre de sangre caliente, un texano que había aprendido a luchar por lo que quería.

Y quería estar con Kate Thornton. La levantó en sus brazos y caminó lejos de la zona iluminada hacia la casa, mientras la música patriótica resonaba en el patio y los fuegos artificiales llenaban el cielo.

Kate apoyó la cabeza en su hombro y se aferró a él. Lance sabía que la atracción que sentía era mutua pero, hasta ese momento, no se había dado cuenta de lo mucho que eso significaba para él.

Lance sólo quería tenerla en su cama y averiguar si la mujer que era tan imprescindible para él en el trabajo también lo sería en su vida personal. Su instinto le dijo que sí.

–Pareces muy decidido –observó ella.

–¿Sí?

Kate asintió.

–¿Estás seguro de esto?

–Diablos, sí –repuso él y alargó la mano para abrir la puerta de la casa. Subió las escaleras con ella en brazos, en dirección a su dormitorio, sin pararse a encender ninguna luz.

–Pues yo no lo estoy.

Lance se detuvo al escuchar sus palabras impregnadas de timidez. No podía obligarla. Ni quería que la pasión que él sentía no fuera correspondida. Y conocía a Kate lo bastante bien como para saber que ella tenía dudas acerca de sí misma.

Quería demostrarle que la amaba... bueno, que amaba su cuerpo, se dijo él, corrigiendo sus propios pensamientos.

–No quiero presionarte –dijo Lance y la colocó de pie sobre el suelo. La guió a la terraza del dormitorio y señaló una de las hamacas que miraba hacia el Este, donde estaban los fuegos artificiales.

–¿Te apetece un *Bloody Mary*?

Kate negó con la cabeza

–No. Me tomé uno el año pasado y creo que todavía sigo borracha.

Lance se rió. Entonces, se dio cuenta de que estaba nervioso. Sabía cómo manejarse en el mundo del petróleo y en una sala de juntas, pero con una mujer… con la mujer que le importaba, las cosas eran muy diferentes. Y, de alguna manera, Kate se había convertido en la mujer que más le importaba.

–¿Champán? –ofreció él.

–Estoy bien.

–¿Sigues nerviosa?

–Un poco. Ya sabes… hace mucho tiempo que quiero estar así contigo… más del que puedo recordar.

–¿Es como lo habías imaginado?

Kate negó con la cabeza, haciendo que sus sedosos rizos le rozaran el cuello.

–¿Qué puedo hacer para mejorarlo? –preguntó Lance y se sentó junto a ella, rodeándole los hombros con el brazo. Kate parecía un pajarito, con esos bracitos tan delgados, pensó y la abrazó con fuerza–. ¿Por qué has perdido peso?

Kate se encogió de hombros y apartó la mirada.

–Lo siento si es una pregunta demasiado personal.

Kate asintió y se volvió para mirarlo a los ojos.

–Tuve que hacerlo. No era saludable para mí y estaba cansada de ser invisible.

–No eras tan invisible.

–Sí lo era. Si no, me habrías invitado a tu casa mucho antes –replicó Kate, poniéndose en pie.

Kate caminó a lo largo de la terraza y se volvió, apoyada en la barandilla, encarándolo.

–¿Te molesta que no lo hiciera? –preguntó Lance.

–Claro. Pero no por lo que tú crees. Me molesta porque he malgastado demasiados años de mi vida.

–No eres vieja, Kate.

–Soy lo bastante vieja. Y ha hecho falta que te comprometieras con otra mujer para que yo saliera del trance en que he estado sumida todo este tiempo.

–¿Cómo?

–Te lo he dicho, me gustas desde hace mucho.

–Lo siento, Katie, pequeña. Mi compromiso con Lexi... fue concertado por razones políticas.

–¿De veras? ¿Y qué pasa con Lexi? ¿Lo sabe ella? ¿No te importa lo más mínimo?

Lance se puso en pie también.

–Ella sabe que nos hemos prometido por el bien de nuestras familias. Y para ser sincero, esta noche me he dado cuenta de que no puedo continuar con esta farsa.

–¿Por qué no?

Lance no era la clase de hombre a quien gustaba hablar de sus sentimientos, pero sabía que, en esa ocasión, era mejor no ocultarlos.

–No me parece correcto casarme con ella.

Lance caminó despacio hacia Kate y se detuvo cuando sólo unos centímetros los separaban.

–¿Quieres saber por qué?

Kate lo miró. ¿Cómo era posible que no se hubiera dado cuenta antes de lo hermosos que eran sus ojos?, se dijo Lance.

–¿Por qué? –quiso saber ella, en voz baja.

–No puedo casarme con Lexi porque no puedo dejar de pensar en ti.

–No puedes... ¿Lo dices en serio?

–Más en serio imposible, pequeña. Y no pienso dejarte ir hasta que no busquemos una solución.

Capítulo Siete

Kate se sintió abrumada por la confesión de Lance. Apoyó las manos en el pecho de él y se inclinó para besarlo, humedeciéndose los labios primero. Dejó la boca entreabierta, sintiendo el aliento de él. Cerró los ojos y apretó sus labios contra los de él.

Kate quiso disfrutar del beso despacio, convertirlo en un recuerdo que no olvidaría jamás. Si había aprendido algo durante la última semana, era que Lance le importaba. Y que era posible que el amor verdadero... tal vez... el amor verdadero no estuviera en su destino.

Pero no podía desaprovechar lo que tenía en ese momento, se dijo Kate, y entrelazó su lengua con la de él. Sabía un poco a cerveza y a otra cosa que estaba empezándole a resultar familiar. Sabía a Lance.

Cuando Kate pensaba terminar el beso, él cerró los dientes con suavidad alrededor de la lengua de ella. Lance le puso una mano sobre las costillas, debajo del pecho, y enredó la otra mano en su pelo.

Lance apretó su boca sobre la de ella, devorándola, tomando el control de la situación. Kate se estremeció de arriba abajo. Se le endurecieron los pezones y se apretó aún más contra él.

Entonces, ella gimió, se sintió avergonzada y se apartó.

−¿Qué pasa, cariño?

Kate negó con la cabeza. ¿Cómo había podido pensar en estar con ese hombre tan sofisticado? ¿Acaso había olvidado que ella era una chica del montón y que su peinado y su ropa eran mera apariencia? Por dentro, ella seguía siendo la misma Kate Thornton de siempre.

Pero se trataba de Lance Brody, un hombre que no aceptaba un no por respuesta. Él volvió a rodearla con sus brazos y le acarició la espalda, apretándola contra su cuerpo.

Kate sintió su erección en el estómago y levantó la vista. Lance la estaba observando. Y ella tuvo que reconocer, para sus adentros, que quería disfrutar de él por completo. ¿Cuántas veces se hacían los sueños realidad? Debía aprovechar el momento.

Si se iba y rompía el encanto, su ropa no sería más que lo que ella había pensado, pura fachada, reflexionó Kate. Sin embargo, ella había cambiado. Era una mujer nueva, se recordó a sí misma.

–Besas mejor que nadie –dijo ella, tomando la cara de él entre las manos.

Lance sonrió, haciendo que el pulso de ella se acelerara aún más.

–Esto sólo es el comienzo.

Kate se relajó y se obligó a dejar de preocuparse por el futuro. Deseaba a Lance. Y él a ella. Juntos, iban a convertir el momento en algo memorable.

Lance la besó de nuevo y la levantó del suelo. Kate pensó que le encantaba el modo en que la alzaba en brazos. Le gustaba sentirse entre sus brazos. Como había sido una chica gorda durante casi toda su vida, él era el primer hombre que la había llevado así. Y la hacía sentirse hermosa, como las chicas sexys que los hombres solían llevar en brazos en las películas.

Lance la llevó de nuevo al dormitorio. La besó con ternura y comenzó a desnudarla.

Kate cruzó los brazos para taparse los pechos. Sabía que, a pesar de haber perdido peso, aún no era perfecta. Su cuerpo... sus pechos tenían estrías. Y su estómago no era plano. Se preguntó si alguna vez conseguiría que lo fuera.

—¿Qué estás haciendo?

—No tengo muy buen aspecto desnuda.

Lance negó con la cabeza y le apartó las manos del cuerpo. Kate se sintió vulnerable. Desnuda. No podía seguir con aquello, se dijo.

Justo cuando iba a darse la vuelta para irse, Lance la tomó entre sus brazos, abrazándola con fuerza.

—Kate, ¿es que no te das cuenta de lo que me haces?

Lance le tomó la mano y la guió hasta su erección. Se palpaba dura y pronunciada debajo de sus pantalones. Kate lo acarició.

Él le recorrió los pechos con un dedo, acariciándolos antes de acercarse a uno de los pezones. Éste se endureció y ella se mordió el labio inferior, esperando ansiosa su contacto.

—¿Katie?

—¿Sí?

—Tienes un cuerpo muy sexy —dijo él, acariciándole el pezón.

Kate se quedó sin palabras. Un segundo después, Lance inclinó la cabeza y comenzó a lamerla, metiéndose el pezón en la boca. Ella enredó los dedos en el cabello de él.

–Lance, quítate la camisa –pidió ella, sorprendiéndose a sí misma al decirlo. Pero quería disfrutar de cada momento que pasara con Lance. Y necesitaba verle el pecho desnudo.

Lance levantó la cabeza y se quedó parado, delante de ella.

–Quítamela tú.

Kate alargó las manos y le quitó la camisa. La dejó a un lado y no pudo resistirse a la tentación de tocarle el pecho. Palpó sus músculos y le acarició el vello que le bajaba hasta la cintura, deteniéndose en el borde de los pantalones.

–Me gustas sin la camisa –dijo ella.

–¿De verdad?

–Sí.

Kate se sentía más vulnerable que hacía un momento. No había sido su intención mostrar tan abiertamente sus sentimientos. Sin embargo, sabía que no podía reaccionar a él de otra manera.

Lance no dijo nada más. Se inclinó para recorrerle el cuello con la lengua y la besó con suavidad.

Kate dejó de pensar por completo cuando él la levantó de nuevo para tumbarla sobre la cama. Se inclinó para lamerle los pechos de nuevo. Le chupó uno de los pezones, mordisqueándole esa zona tan sensible. Con la otra mano, jugueteó con el otro pecho, haciendo que Kate se arqueara sobre la cama, poseída por el deseo.

Kate intentó quitarle los pantalones, con cierta torpeza. Quería que estuviera desnudo. Se apartó un poco y, de nuevo, la mujer decidida que había dentro de ella tomó el mando.

—Quítate los pantalones.

Lance se puso en pie y se los desabrochó, quitándoselos luego de una patada, junto con su ropa interior. Se tumbó sobre ella.

Kate alargó la mano y rodeó su erección, al mismo tiempo que abría las piernas para darle la bienvenida.

—Te necesito ahora.

Lance levantó la cabeza. Kate sintió húmedos los pezones y endurecidos por sus besos. Él se puso un preservativo.

Kate deslizó las manos por la espalda de él y le apretó los glúteos al mismo tiempo que él la penetraba. Sus miradas se encontraron y ella se sintió como si sus almas estuvieran también unidas. Entonces, tomándola por sorpresa, el cuerpo de ella se apretó alrededor del de su amante y llegó al orgasmo. Lance la agarró de las caderas y la penetró un par de veces más antes de llegar al clímax también, gritando su nombre.

Después de quitarse el preservativo, Lance la tomó entre sus brazos.

Kate lo rodeó con un brazo y escuchó los sólidos latidos de su corazón. Cerró los ojos y suspiró, apretando su cuerpo contra ese hombre al que había deseado y amado durante tanto tiempo. Cuando Lance la apretó a su lado, ella se dio cuenta de que, en ese instante, tenía todo lo que siempre había querido. Sus sueños se estaban haciendo realidad.

Lance se despertó con una gran erección y las manos sobre los pechos de Kate. Se sentía de maravilla con ella. Frotó su erección contra el trasero de ella y agachó la cabeza para besarla en el cuello. Kate se movió entre sus brazos, frotándose contra él.

Era muy bella, pensó Lance, observándola

bajo el sol de la mañana. Sabía que ella no lo creía pero, mientras miraba su cuerpo, se dijo que no había visto jamás a una mujer tan hermosa.

Lance le acarició un pecho hasta que ella abrió los ojos y gimió con suavidad, produciendo el mismo sonido que había hecho la noche anterior cuando habían hecho el amor.

Lance se colocó de lado, haciendo que su erección tocara la cadera de ella. Hacía mucho tiempo que ninguna mujer se quedaba a dormir con él y le pareció inmejorable que esa mujer fuera Kate.

–Buenos días –dijo él y la besó, al mismo tiempo que le recorría el cuerpo con las manos.

–Buenos días –respondió ella, tapándose la boca.

Lance le apartó la mano y la besó.

–Sabes bien por la mañana, cariño –comentó él mientras le acariciaba el cuerpo–. Y también tienes buen aspecto.

Kate se sonrojó y ocultó el rostro en el pecho de él. Lance la rodeó con sus brazos. No entendía por qué ella parecía más hermosa esa mañana que la noche anterior. Tenía el cabello despeinado, lleno de rizos, sobre los hombros. El maquillaje del día anterior había desaparecido.

—Has dormido con las lentillas puestas. ¿Tienes que quitártelas?

Kate negó con la cabeza.

—No. Puedo llevarlas un mes. Me cuesta mucho trabajo ponérmelas.

—¿Y por qué las usas?

—Las gafas son parte de mi pasado.

—Yo también —bromeó él.

Kate se rió.

—Las gafas siempre han sido una máscara. No quiero seguir ocultándome tras ellas.

Lance le acarició el hombro y la espalda. Ella se estremeció y se le endurecieron los pezones. Era una mujer tan sensible, pensó él, y se inclinó para lamerle ambos pezones. Le sopló con suavidad en las puntas. Ella le arañó la espalda, excitada.

—¿Qué estás haciendo?

—Voy a hacerte el amor esta mañana —respondió él, trazándole un camino de besos hasta el estómago.

—¿Por qué?

—Porque puedo.

Lance la besó en profundidad, penetrándola con su lengua hasta que ella empezó a gemir su nombre.

Siguió besándola por el cuerpo, deteniéndose en sus pezones. Cuando ella se arqueó, agarrándole la cabeza y apretándosela contra sus pechos, Lance decidió seguir bajando, tocando con sus besos las estrías que delataban su pérdida de peso. Entonces, se dio cuenta de que estaba muy orgulloso de ella. Era una mujer que había tomado las riendas de su vida.

Siguió bajando hasta llegar a su parte más íntima. La miró.

–¿Puedo besarte ahí?

Ella tragó saliva.

–Nadie lo ha hecho nunca.

–Si no te gusta, pararé.

Kate apartó las piernas y él lo tomó por un sí.

Lance se inclinó y le sopló con suavidad entre las piernas, antes de tocar su suave piel con la lengua. Ella levantó las caderas, para acercarlas más a la boca de él.

Lance la sostuvo con las manos, acercándola mientras la saboreaba. Apartó sus piernas aún más para tener mejor acceso a su clítoris. Introdujo un dedo dentro del cuerpo de ella y tocó su humedad. A continuación, levantó la cabeza y la miró.

Kate tenía los ojos cerrados y la cabeza echada hacia atrás. Tenía los hombros arqueados y los pechos hacia delante, con los pezones endurecidos, como si esperaran recibir más atención. Todo su cuerpo exudaba belleza y erotismo bajo el sol de la mañana.

Lance inclinó la cabeza de nuevo, hambriento. Se dio un festín con su cuerpo, saboreando la humedad entre las piernas de ella. Utilizó dientes, lengua y dedos para llevarla al borde del orgasmo, pero la contuvo allí, esperando a que ella le suplicara más.

Kate se aferró a él y levantó las caderas, apretándolas contra su boca. Pero él se apartó un poco, para provocarla un poco más.

–Lance, por favor.

Él le acarició el clítoris con los dientes y Kate gritó mientras un orgasmo la recorría de los pies a la cabeza. Lance no apartó la boca hasta que el cuerpo de ella dejó de estremecerse. Entonces, se posó sobre ella, abrazándola.

Él se giró, tumbándose bocarriba y la colocó encima.

–Siéntate, cariño.

Kate hizo lo que le pedía. Movió las caderas hasta que la punta de la erección de él estuvo a la entrada de su cuerpo. Al sentir su calidez, Lance se dio cuenta de que no llevaba preservativo. Alargó la mano para agarrar el que había dejado en la mesilla.

Lo abrió a toda prisa.

–Levántate un poco –pidió él.

–Deja que yo te lo ponga.

Lance le tendió el preservativo y, con un poco de ayuda, Kate se lo puso. Luego, él introdujo la punta de su miembro dentro de ella.

–Haz conmigo lo que quieras –dijo Lance.

–Lo quiero todo –repuso ella–. Pero no estoy segura...

Lance la sostuvo de las caderas y la guió hacia abajo. Al sentirla a su alrededor, no pudo contenerse y la apretó con fuerza, intentando penetrarla con más profundidad. Apartó las piernas de ella aún más, para tenerla más cerca.

Kate arqueó la espalda y entrelazó los brazos en los hombros de él. Lance arremetió con más fuerza y sintió que su cuerpo se tensaba. Metió la mano entre sus cuerpos y la tocó entre las piernas, hasta que notó que el cuerpo de ella también se tensaba a su alrededor.

Lance llegó al orgasmo enseguida y siguió penetrando en ella hasta quedar exhausto. Entonces, se apoyó en ella, hundiendo la cabeza entre sus pechos.

Una semana después, Lance aún no había tenido oportunidad de hablar con Lexi, que había regresado a Washington D. C. Pero había conseguido que Kate siguiera siendo su secretaria por el momento. Y la había llevado a cenar todas las noches. Y había hecho el amor con ella también.

La investigación sobre el incendio iba muy lenta. Mitch había vuelto a Washington D. C. y Lance no había hablado con él desde la fiesta del Cuatro de Julio. La refinería principal estaba arreglada y lista para volver a funcionar. Tenían que seguir produciendo barriles de petróleo a diario, si no querían que su empresa se fuera al traste.

Lance marcó el número de Darius.

–Darius al habla.

–Hola, amigo, ¿qué noticias tienes de la refinería?

–No muchas. El experto en incendios provocados sigue investigando el acelerador de combustión para descubrir quién lo compró.

–¿Confías en él? –preguntó Lance–. ¿Es competente?

–Sí, creo que sí. Voy a llamar a su despacho más tarde. Te informaré cuando tenga noticias.

–Gracias, Darius. Te agradezco que te ocupes de este caso.

–Para eso están los amigos, ¿no?

–Así es.

–Hablando de amigos… ¿qué es lo que he oído de tu compromiso de boda?

Lance miró hacia la puerta abierta que daba al despacho de Kate. Oyó cómo las manos de ella se movían sobre el teclado del ordenador.

–Es complicado.

–Con las mujeres, siempre es complicado.

Lance se rió.

–Más de lo normal. No puedo decirte nada más hasta que no hable con la dama en cuestión.

–Entiendo. De acuerdo.

–Gracias, Darius.

Lance colgó y Kate entró en su despacho.

—Marcus necesita hablar contigo cinco minutos.

—¿Algo más? –preguntó Lance. Marcus pasaba demasiado tiempo en su despacho últimamente y él sabía que era para ver a Kate.

—Esto lo ha traído un mensajero. Dijo que era urgente –señaló Kate, entregándole un sobre.

Lance posó la mano en la muñeca de ella. Sospechaba que el sobre contenía la pulsera que le había encargado el día anterior. Quería regalarle algo a Kate y, hasta que no hablara con Lexi, no podía ser un anillo.

¿De veras quería casarse con Kate Thornton?, se dijo él, sorprendido por sus propios pensamientos.

—Cierra la puerta, por favor.

—No. La gente pensará cosas si cerramos la puerta. Nunca la hemos cerrado antes.

—Katie, pequeña... ¿qué estás pensando?

Ella se sonrojó y lo miró con gesto severo.

—Nada.

Kate se dio media vuelta para irse. Él la detuvo y cerró la puerta, dejándola atrapada.

—Date la vuelta.

Ella lo hizo, despacio.

—¿Tan difícil te parece?

Kate negó con la cabeza.

—Eres demasiado autoritario.

—Y a ti te gusta —dijo él, recordando cómo la noche anterior le había ordenado que llegara al orgasmo mientras estaban haciendo el amor y cómo ella lo había obedecido.

Kate se sonrojó.

—¿Qué querías?

«Todo», pensó él. Quería que sus ojos castaños le revelaran todos los secretos que escondían.

—Creo que este sobre es para ti. Siéntate.

—Lance...

Él señaló a su silla y la siguió hasta ella. Kate llevaba una falda corta y una blusa sin mangas. Tenía el pelo suelto, cayéndole sobre la espalda en mechones ondulados.

En vez de acostumbrarse a su aspecto, Lance encontraba en ella cada día algo nuevo que lo atraía.

Se preguntó si aquella sensación desaparecería con el tiempo. Pero, por alguna razón incomprensible, sabía que no sería así. Kate tenía algo especial que no hacía más que enamorarlo más y más cada día.

–¿Por qué me estás mirando así? –preguntó ella.

Lance se encogió de hombros.

–Sólo estaba pensando en lo guapa que eres.

–No lo soy.

–No es así como debes tomarte un cumplido.

Ella tragó saliva.

–Pero yo me miro al espejo todos los días, Lance.

Él se acercó y se apoyó en la mesa. La agarró de los hombros e hizo que lo mirara.

–Eres hermosa, Kate. No entiendo por qué no me había dado cuenta antes, pero estás más bonita cada día.

–Gracias, Lance. Cuando estoy contigo, me siento como… como la mujer que siempre había soñado ser.

–Me alegro –dijo él y tomó el sobre en las manos.

Lance comprobó la dirección del remitente. Era la pulsera que había encargado. Abrió el sobre y sacó un pequeño saquito de la joyería.

–Quería regalarte esto –dijo él.

Kate alargó la mano. Lance abrió el saquito y sacó el regalo, depositándolo en la palma de la mano de ella.

La pulsera brilló. Ella se mordió el labio inferior y cerró la mano alrededor de la joya.

—Gracias. Es preciosa. Pero ¿por qué me das esto?

—Quería que tuvieras una joya como regalo, algo que te haga acordarte de mí cada vez que te la pongas.

La mirada de Kate le dijo todo lo que él necesitaba saber.

Capítulo Ocho

Kate pasó el resto del día admirando su brazalete y soñando despierta sobre su relación con Lance. Se había convertido en algo diferente de lo que ella había esperado y en mucho más de lo que había esperado de cualquier relación en el pasado.

Sin embargo, intentó proteger su corazón para no creer que Lance era el hombre de sus sueños. Se sentía como si aún hubiera algo entre ellos que deberían arreglar. No le había preguntado por su compromiso con Lexi ni si lo había roto. Pero Lance le había asegurado que lo haría y ella confiaba en él.

Y estaba lo del brazalete. Kate dejó de teclear al ordenador y lo tocó. Era una joya hermosa. El único otro hombre que le había regalado una joya había sido su padre, que le había comprado unos pendientes con un diamante de un quilate cuando se había graduado en el instituto.

Aquello era diferente. Aunque su cabeza le decía que tuviera cuidado, su corazón iba a todo galope y Kate no se sentía capaz de hacerse con las riendas. Todo se había salido de control... y ella lo estaba disfrutando.

–Kate, ¿puedes venir a mi despacho?

Ella agarró su cuaderno de notas y se dirigió al despacho de Lance. La jornada laboral había terminado hacía una hora y casi todos los empleados se habían ido.

–¿Sí, Lance? –preguntó ella.

Kate se quedó petrificada al ver que había una cestita de picnic sobre la mesa de él y una botella de vino abierta, enfriándose dentro de un cubo de hielo.

–¿Quieres cenar conmigo?

–Supongo que mi jefe no se dará cuenta si falto de mi mesa unos minutos.

–Ya he aclarado eso con tu jefe.

Kate cerró la puerta tras ella. No quería que sus compañeros de trabajo los vieran. Su relación con Lance era demasiado privada como para airearla a los cuatro vientos.

–Entonces, me encantaría acompañarte –dijo ella–. ¿Cómo has planeado todo esto tú solo?

Lance le sirvió un vaso de vino blanco y se lo tendió.

—Yo también soy capaz de hacer cosas por mi cuenta.

—Lo sé. Es que…

—¿Qué?

—Debes de haberte esforzado bastante para darme esta sorpresa… y no lo esperaba de ti.

—¿Por qué no? Me gusta darte sorpresas.

Kate no estaba acostumbrada a eso, ni a tener una relación, y apenas sabía qué esperar. Había pasado de ser invisible a ser mimada como una reina… y le resultaba abrumador.

—Gracias.

—De nada —repuso él—. Quiero que esta noche sea especial para ti.

Lance era todo lo que buscaba en un hombre, pensó Kate. Eso no podía negarlo, por muy cauta que quisiera ser con él.

Sin pensarlo, Kate se puso de puntillas y lo besó. Había estado esperando todo el día para hacerlo.

Lance la tomó entre sus brazos y la besó también.

—Trabajar juntos es una tortura.

—¿Por qué? —preguntó ella mientras Lance

le acariciaba la espalda y le colocaba la otra mano en el borde de la falda.

—Tenerte delante todo el día, queriendo quitarte esta faldita y tumbarte sobre mi mesa... —dijo él y la besó en el cuello.

—¿Qué más te gustaría hacer? —inquirió ella, excitada por la imagen que él acababa de describirle.

—Muchas cosas, Katie, pequeña. Pero lo que de veras quiero hacer es lo que tú quieras hacer. ¿Cuál es tu fantasía?

—¿En la oficina?

—Podemos empezar aquí.

—Quítate la camisa —pidió Kate. Desde que habían empezado a dormir juntos, había fantaseado muchas veces con entrar en su despacho y encontrarlo con el torso desnudo.

—¿Que me quite la camisa?

Kate asintió.

Lance se desabotonó la camisa, rozando los pechos de ella con los dedos. Kate se estremeció al sentir su contacto y se mordió los labios para no pedirle más.

—Ahora quítate tú la tuya —dijo él.

—Eh... creí que era yo la que mandaba.

—Así es, pero necesito algún incentivo.

–Y si me quito la blusa…

–Prometo ser como un juguete en tus manos.

Kate se quitó la blusa por encima de la cabeza. Llevaba un sujetador muy sexy que había comprado en la tienda de lencería de Becca. Era de encaje y se abrochaba delante.

–Muy bonito –observó Lance, acariciándole el torso, por encima del esternón y entre las costillas, para detenerse en el ombligo y en la cintura de la falda.

Lance posó la mano en el broche del sujetador y lo desabrochó. Kate se quedó quieta, sintiéndose como si estuviera al borde de un precipicio. Él le tocó entre los pechos, sin quitarle la pieza de lencería todavía. Y ella se sintió deseada… y perversa.

Despacio, Lance le recorrió el pecho con la punta de los dedos, rozándole apenas los pezones. Ambos se endurecieron y ella se estremeció de deseo.

Kate quería más. Necesitaba más. Su corazón latía a toda velocidad, resonando en sus oídos. Recorrió el pecho de Lance con la punta de las uñas, enredándolas en su vello.

Lance gimió con un sonido masculino y

profundo. Entonces, se apoyó sobre el escritorio.

—Soy todo tuyo, Kate.

Los músculos de él se tensaron al sentir el contacto de sus dedos mientras lo acariciaba. Kate le rodeó los pezones con la yema de los dedos, sin llegar a tocarlos, y siguió bajando hasta la cintura de sus pantalones.

Lance le quitó el sujetador y dejó sus senos al descubierto. La acercó contra su cuerpo hasta que los pezones de ella le rozaron el pecho.

—Kate.

Ella se estremeció al oírle decir su nombre. Era lo que siempre había querido de Lance. Que fuera suyo. Y, en ese momento, Lance era suyo, al fin.

La erección de él la tocó en el vientre y Kate apretó los músculos de la vagina, deseando que estuviera dentro. Pero era imposible disfrutar más de su contacto con la falda puesta. Se la levantó, pero no fue suficiente.

Lance la besó en el cuello y le mordisqueó la nuca. Ella tembló, apretando los hombros de él con las manos, hundiéndose aún más en su cuerpo.

Él encontró la cremallera de la falda. La bajó y deslizó las manos por debajo de la tela, agarrándole los glúteos y urgiéndola a montar sobre su erección. Casi al mismo tiempo, inclinó la cabeza y le lamió y chupó uno de los pezones.

Kate estaba al borde del clímax. Se movió más deprisa contra la erección de él y el orgasmo la recorrió como un tornado. Luego, se dejó caer sobre el pecho de él. Lance la abrazó. Lance había hecho realidad sus fantasías más secretas, convirtiéndose en un hombre que la satisfacía por completo en el terreno sexual. Y aquello era mucho más de lo que ella había esperado. Lo rodeó con los brazos y apoyó la cabeza en su pecho, escuchando los latidos de su corazón.

Aquello era más que una fantasía. Era amor, amor verdadero, y Kate no sabía qué sería de ella si llegaba a su fin.

Lance nunca había visto nada tan hermoso como la pasión de Kate. Era más de lo que él podía haber soñado. Su cambio de aspecto le había mostrado la mujer que ella era en realidad y, durante la última semana, él la había ayudado a darse cuenta de la mujer que podía ser.

Tenía un cuerpo exquisito. También tenía sus imperfecciones, pero a Lance le encantaban. Eran lo que la convertía en una mujer real y no un ideal intocable. Era tan suave y tan femenina que hacía aflorar en él su instinto protector, sus deseos de resguardarla del mundo.

Lance le quitó los tirantes del sujetador. Ella tenía la piel sonrojada por el orgasmo. Despacio, le acarició el torso, casi temiendo creer que fuera suya.

Entonces, Lance le chupó los pezones. Le encantaban sus pechos y nunca se cansaba de ellos.

–Lo siento –dijo ella en voz baja con el rostro sonrojado.

–¿Por qué?

–Por llegar al orgasmo sin ti.

Kate no podía ocultar su fragilidad y, por mucho que Lance se esforzara en demostrarle que la deseaba, ella siempre parecía tener dudas sobre sí misma, pensó él. La abrazó con fuerza y ella cerró los ojos, ocultando la cabeza en el cuello de él.

Lance percibió en el cuello cada respiración de su amante. La deseaba.

Su erección era tan grande que, quizá, llegaría al orgasmo sin ni siquiera quitarse los pantalones. Pero quería esperar a que ella le diera la señal. Aquél era el objetivo de la cena sorpresa que le había preparado. Quería pasar tiempo a solas con ella, en un sitio distinto de su casa, dándole a Kate la oportunidad de tomar las riendas en su relación sexual.

Sintió cómo Kate le rozaba el cuello con la lengua, con suavidad, y su erección se endureció aún más. Ella deslizó la mano por su pecho y llegó hasta el cinturón. Se lo desabrochó y le bajó la cremallera del pantalón.

Entonces, Kate introdujo la mano dentro de los calzoncillos de él y lo acarició en toda su longitud. Los músculos de Lance se tensaron y miró hacia abajo. Vio la pequeña mano de ella dentro de sus pantalones, moviéndose con tanta ternura que tuvo que apretar los dientes para no llegar al clímax en ese instante. Sin embargo, quería estar dentro de ella la próxima vez que alguno de los dos alcanzara el orgasmo.

Al mirarla, se dio cuenta de que Kate le sonreía. Lance se apartó un poco y se tumbó sobre la manta de cachemira que había llevado, pidiéndole que se tumbara a su lado. Ella dio un paso hacia él, llevando puesto sólo unas diminutas braguitas de encaje y los tacones.

–Me gustaría que pudieras verte ahora mismo. No volverías a dudar de tu atractivo nunca más.

–Es por ti –repuso ella, sonriendo.

Lance se inclinó, la besó y se quitó los pantalones. Luego, ambos de tumbaron y él se colocó sobre ella. Kate abrió las piernas y él se posicionó entre sus muslos.

La húmeda calidez de Kate aumentó la excitación de su amante, que la penetró sin pensarlo. Maldición, era tan agradable estar dentro de ella, pensó él.

Lance quiso entrar dentro de ella desnudo por completo. Sin embargo, antes habían hablado sobre el control de natalidad y Kate le había dicho que no tomaba la píldora, así que tenían que seguir utilizando preservativos.

–¿Puedes pasarme los pantalones, cariño?

Kate alargó la mano para agarrarlos. Ella misma le sacó el preservativo del bolsillo y se lo tendió.

Lance se apartó un instante de ella y se

puso de rodillas. La miró y se dio cuenta de que Kate lo observaba. Tenía los ojos fijos en su erección y eso hizo que él se endureciera aún más. Se puso el preservativo con un solo movimiento y se volvió hacia ella.

–Date prisa, Lance. Te deseo mucho.

Era la primera vez que Kate le había rogado que la poseyera y él no pudo resistirse. Ella abrió los brazos y las piernas, invitándolo a su cuerpo. Lance se inclinó y frotó su erección contra el sexo de ella. Movió su cuerpo para acariciarla, piel con piel.

Kate alargó la mano entre sus cuerpos y agarró la erección de él. Lance se estremeció.

–No hagas eso, cariño, o terminaré enseguida.

–¿Sí? –preguntó ella, sonriendo.

Al ver la mirada maravillada de ella, Lance tuvo deseos de abrazarla con más fuera. Kate era una amante deliciosa porque disfrutaba mucho con el cuerpo de él y haciendo el amor.

–Sí.

Lance cambió de posición y le levantó los muslos, haciendo que ella lo rodeara con sus piernas por la cintura. Ella lo acarició con las manos y sus miradas se encontraron.

Lance sostuvo las caderas de ella y la penetró despacio, poco a poco, en profundidad. Kate abrió los ojos cada vez más, al sentir cada centímetro de él. Enseguida, lo agarró de las caderas, atrayéndolo más hacia ella, con los ojos medio cerrados y la cabeza hacia atrás.

Lance se agachó y mordisqueó uno de los pezones de ella, con mucha suavidad. El vientre de Kate empezó a tensarse y movió las caderas cada vez más rápido, pidiendo más. Pero Lance mantuvo el ritmo lento, continuo, pues quería que ella llegara al orgasmo antes que él.

Lance le chupó el pezón y rotó sus caderas para llegar al punto G de su amante con cada arremetida. Kate enredó los dedos en el pelo de él y echó la cabeza hacia atrás, mientras el orgasmo la recorría.

Lance empezó a moverse más deprisa. Agarró a Kate de las caderas para poder entrar con más profundidad en su cuerpo. El interior de ella seguía siendo recorrido por espasmos de placer cuando él explotó. La penetró dos veces más y se dejó caer sobre ella. Con cuidado para no aplastarla con su peso, Lance se puso de lado, llevándola con él, sin dejar de abrazarla.

Lance apoyó la cabeza entre los pechos de

ella, al mismo tiempo que le recorría la espalda con los dedos. Lo único que quería era quedarse allí tumbado, abrazándola durante el resto de la noche. Sin embargo, alguien llamó a la puerta de su despacho, haciendo que ambos se pusieran de pie de un salto.

Kate estaba horrorizada de que hubiera alguien esperando en la puerta, mientras Lance y ella estaban desnudos.

–Shh. Yo me encargo. Vete a la esquina y vístete –dijo Lance.

–No puedo creer que haya hecho esto. ¡Y ahora nos han descubierto! Mi madre siempre dijo que, si me portaba mal, Dios me castigaría.

Lance quiso reírse, pero se contuvo. Su madre le había dicho lo mismo en una ocasión. Parecía ser algo que decían todas las madres. Y él había hecho suficientes travesuras en su vida como para saber que Dios no tenía nada que ver con ello.

–Lance, ¿estás ahí?

–Un momento –repuso Lance. Se puso los pantalones a toda prisa y se los abrochó.

Lance agarró su camisa del suelo y se la puso también. No iba a abrir la puerta medio desnudo, sería muy embarazoso para Kate, pensó. Ella estaba poniéndose la ropa con manos temblorosas y él tuvo grandes deseos de volver a tenerla entre sus brazos.

–¿Qué necesitas, Stan?

–Lo siento, señor, pero ha venido a verle el señor Martin, del grupo de investigación del incendio. No está en la lista de acceso permitido, así que no podíamos dejarle entrar. Y usted no respondía el teléfono, pero seguía en el edificio según los registros de salidas...

–No hay problema, Stan. Dile al señor Martin que tome asiento y que dentro de unos minutos me reuniré con él.

–Sí, señor.

Lance cerró la puerta y se giró. Kate estaba vestida por completo. Se estaba abrazando a sí misma y lo miraba con los ojos abiertos de par en par. Parecía avergonzada y asustada.

–¿Podemos dejar la cena para más tarde?

–Sí –dijo ella–. Voy a lavarme en el baño y luego...

Lance colocó un dedo sobre los labios de ella, para interrumpirla.

–¿Por qué no te vas a casa, cariño? –sugirió él–. Yo me pasaré por allí cuando haya terminado con esto.

Kate negó con la cabeza.

–Creo que esta noche necesito estar sola.

–¿Por qué?

–Porque necesito reflexionar sobre lo que ha pasado. Te parece una tontería, ¿no?

–No.

–Bien. Porque quiero entender lo que está pasando. Una cosa es que cambiara mi imagen, pero otra muy diferente es cambiar mis valores…

–Hacer el amor con el hombre con quien sales no es cambiar tus valores.

–Sí lo es, Lance. No me vería en esta situación con ningún otro hombre.

–¿Por qué no?

–Porque es a ti a quien amo –confesó Kate y se dio media vuelta para marcharse.

–Espera un momento, Kate.

Kate se detuvo, pero no se volvió. Lance quiso poder mandar a Martin al diablo y quedarse con ella hasta que terminaran esa conversación.

Sin embargo, la refinería era su prioridad

en ese momento. Lance se sintió dividido. Por primera vez desde que se había hecho cargo de Petróleos Brody, una mujer estaba interponiéndose entre él y sus responsabilidades.

–Ahora no, Lance.

–¿Me amas?

–Sí –admitió ella–. Y tengo que decidir si sigo queriendo tener una aventura con mi jefe. Porque cuando Stan llamó a la puerta, me avergoncé del amor que siento por ti y eso no me parece bien.

–No deberías avergonzarte. Stan no sabe que tú estabas aquí ni lo que estábamos haciendo.

–Pero yo sí lo sé. Y eso es lo que me parece mal. No quiero avergonzarme por nada que hagamos. No me había pasado antes pero, de pronto…

Lance lo comprendió. Se dio cuenta de que necesitaba convertir su relación en algo más permanente. Sin embargo, no podía hacerlo hasta que no rompiera su compromiso con Lexi. Había esperado hacerlo cara a cara, pero también podría servir una llamada de teléfono, pensó.

Lance la rodeó con sus brazos, negándose a dejarla marchar.

–Kate, yo no te escondo ni me avergüenzo de ti.

–Lo sé, Lance. Pero yo sí me he estado escondiendo. Sé que la mitad de los empleados saben que siempre he estado enamorada de ti y ahora... bueno, ahora parece que tú sólo me haces caso desde que soy... sexy.

Lance se sintió orgulloso de Kate porque reconociera que era sexy. Era un avance para ella.

–Bueno, eres sexy. Pero no se trata de eso. Escucha, tengo que aclarar las cosas con Lexi. Entonces, tú y yo podremos...

–¿Qué tienes que aclarar con ella?

–Todavía no he tenido oportunidad de hablar con ella. Pero enseguida lo haré.

–¿Seguís prometidos?

–No a mis ojos.

Kate se apartó y puso los brazos en jarras.

–A los ojos de cualquiera... ¿seguís prometidos?

Lance bajó la cabeza. La noche no estaba yendo como él había previsto, en absoluto. Sin embargo, nunca había mentido a Kate y no quiso empezar a hacerlo en ese momento.

–Sí, seguimos prometidos.

A Kate le temblaron los labios y se quedó pálida.

–No puedo creerlo. Soy una idiota.

Kate se dio media vuelta y Lance la detuvo de nuevo.

–No lo eres. Todo lo que te he dicho era cierto.

–¿De veras? ¡Para ti sólo soy tu concubina! ¿Es eso lo que tenías pensado?

–No.

El teléfono de Lance comenzó a sonar y supo que debía responder. «Maldición», pensó.

–Esta conversación no ha terminado, Kate.

–Sí, Lance. Todo ha terminado.

Capítulo Nueve

Kate miró el cuentakilómetros del coche y se dio cuenta de que estaba conduciendo demasiado deprisa. Estaba furiosa y, además, se sentía avergonzada. Todavía podía notar el calor en las mejillas. Se obligó a aminorar la velocidad.

Por una parte, Kate comprendía que, tal vez, Lance no la había engañado. Quizá, él estaba esperando a ver a Lexi en persona para romper su compromiso. Y, si Lance sentía por ella al menos la décima parte de lo que ella sentía, a él también le habría resultado muy difícil vencer la tentación e ignorar la atracción que había entre los dos.

Pero lo que más le molestaba a Kate eran sus propias reacciones. Se había olvidado de quién era. Su ropa nueva y su nuevo peinado le habían hecho sentir que era una persona diferente.

Y había sido justo cuando se había ocultado en una esquina del despacho de Lance, intentando vestirse a toda prisa, cuando se había dado cuenta de que estaba cometiendo un error.

El amor no debería avergonzarla, pensó, mientras entraba en el garaje de su casa. Aparcó el coche y entró en su casa.

El amor debería ser celebrado y compartido. Y ya estaba cansada de que su amor por Lance fuera como un pequeño y vergonzoso secreto. No se había dado cuenta, hasta entonces, de que ella misma había permitido que eso se convirtiera en la norma en su relación. Se había acostumbrado a ocultar sus sentimientos y había consentido que Lance la ocultara a ella.

La semana anterior había sido maravillosa. Sin embargo, Kate acababa de darse cuenta de que quería más.

Se miró la pulsera que Lance le había regalado. Sabía que él no la tenía en menos estima que antes de tener una aventura con ella. Pero no tenía ni idea de qué quería de ella. ¿Pretendería Lance dejar que la aventura siguiera su curso, sin más?, se preguntó.

Además, Kate había aceptado seguir trabajando para él... Y durmiendo con él.

Ése era el problema de ser una mujer moderna, pensó. Las fronteras morales eran borrosas. Y ella no sabía qué hacer.

Kate bajó el aire acondicionado y se dirigió al baño. Se duchó, deseando poder deshacerse con el agua de los recuerdos de Lance, de la intimidad que habían compartido hacía sólo unos minutos.

Luego, se puso un vestido veraniego y se dirigió hacia el salón. Había decorado su casa con antigüedades que su madre y ella habían encontrado en Canton, un pueblo cercano a Dallas, y tenía fotos de su familia en las paredes. Pero no había nada realmente suyo en su casa, igual que la ropa que se había comprado no era más que pura fachada. Había diseñado su hogar tal y como había imaginado que sería la casa de una chica de ciudad.

Sin embargo, nunca se había sentido a gusto con la vida de una chica de ciudad. Pero debía hacerlo. Lo necesitaba, si quería albergar una remota esperanza de sobrevivir a su relación con Lance.

Kate no había descubierto lo profundo que

era su amor por él hasta hacía un mes. Amaba el modo en que él le sonreía cuando nadie más podía verlos. Amaba la manera en que él se esforzaba para sorprenderla y hacerla sentirse como si fuera la única mujer del mundo con la que quería estar.

Y esa clase de amor... Bueno, no iba a desaparecer de la noche a la mañana, reflexionó. Así que tenía que buscar una salida. ¿Podría continuar su aventura con Lance mientras él siguiera comprometido?

Una hora más tarde, alguien llamó a su puerta y Kate supo quién era incluso antes de mirar por la mirilla.

Abrió la puerta.

–Lance –saludó ella, sin dejarlo pasar.

–¿Puedo pasar?

Kate inclinó la cabeza, pensándoselo. Lance había estado antes en su casa, pero nunca como amante. Todos sus encuentros sexuales habían tenido lugar en casa de él.

Al fin, decidió dejarlo entrar. Era obvio que tenían que hablar.

–Claro. ¿La investigación va bien?

–Sí. El señor Martin me pidió que tranquilizara a algunos empleados que estaban poniéndose nerviosos con el tema del incendio.

Kate se encaminó al salón y lo oyó cerrar la puerta principal. Se sentó en una mecedora que había sido de su abuela y le dio un trago a su vaso de limonada.

–¿Quieres algo de beber?

–Una cerveza, si puede ser –pidió Lance, que llevaba la cesta del picnic en la mano–. ¿Has cenado ya?

–No.

–Prepararé esto mientras vas a por la cerveza. Me muero de hambre. Ha sido un día muy largo.

–Así es –repuso Kate.

Acostarse con su jefe le hacía perder mucha energía, pensó Kate. Y eso no le gustaba. Encontró una cerveza en la nevera y se la llevó. Él sonrió al agarrarla.

Lance dio un trago de la botella y la depositó sobre la mesa.

La cena consistía en pasta fría y ensalada de pollo. Era exactamente la clase de comida que a Kate le gustaba en las noches calurosas de julio y sabía que Lance lo había tenido en cuenta.

Era la clase de hombre que reparaba en los detalles, pensó ella.

—Gracias por la cena —dijo Kate y se sentó a su lado en el sillón.

Kate habló de trabajo y de Mitch, que estaba a punto de regresar de Washington D. C. hacia finales de semana. Hizo todo lo que pudo para que no tuvieran oportunidad de hablar de su confesión amorosa.

Sin embargo, cuando habían terminado la comida, Lance se recostó en el sofá, estiró los brazos a lo largo del respaldo y la miró.

—¿Así que me amas?

Lance no había podido pensar en otra cosa mientras había conducido a casa de Kate. Ninguna mujer le había dicho nunca que lo amaba. Y eso incluía a su prometida y a su madre. Él no era el tipo de hombre al que le gustaran los sentimentalismos. Solía tomar lo que quería, sin más.

Y quería que Kate lo amara.

Después de que ella le había confesado su amor, Lance quería escucharlo de nuevo. Y deseaba poseerla y hacer que se lo dijera mientras estuviera dentro de su pequeño y sensual cuerpo.

–Yo... sí, te amo. Pero eso no significa que vaya a dejar que hagas lo que quieras conmigo.

–Ni se me había ocurrido tal cosa. La verdad es que no sé qué es lo que significa.

–¿Qué dices?

–Pues que no he tenido mucha experiencia en mi vida con el amor.

–Bueno, tú eres el único tipo al que he amado y me parece que ninguno de los dos es muy experto en este terreno –reconoció Kate.

Pero Kate conocía el amor mejor que él, pensó Lance. Por mucho que ella se quejara, provenía de la clase de familia que estaba llena de amor.

–Y no estoy segura de que eso sea bueno.

–¿Por qué?

–Porque el amor debería ser cosa de dos.

–Escucha, Kate, no puedo prometerte algo de lo que soy incapaz.

No estaba preparado para perder a Kate, pensó Lance. Después de haberla tenido, no sabía si podría dejarla marchar.

–Y te lo agradezco, Lance. Pero tengo que

pensar en lo que es mejor para mí. No puedo seguir amando a un hombre para quien no soy importante.

–Eso no es justo. Eres importante para mí.

–Sí, pero sólo cuando estamos a solas en tu casa o en tu despacho –repuso ella.

Kate estaba cansada de ocultar su relación, reflexionó Lance. Y eso él lo entendía. Lo que no quería era que ella creyera que podía manipularlo o inducirle a hacer su voluntad. Era importante para él que Kate le dejara llevar las riendas de su relación.

–¿Qué puedo decir?

Kate se mordió el labio inferior y se inclinó hacia delante, apoyando los codos en las rodillas, para que él no pudiera verle la cara.

–Si necesitas que yo te lo diga, entonces supongo que no hay nada que decir.

Lance no estaba seguro de qué quería Kate. Diablos, no era cierto, se reprendió a sí mismo. Sabía con exactitud lo que ella quería.

–No voy a decir que te amo, Kate. Ya te he dicho que es un sentimiento con el que no tengo ninguna experiencia.

–No comprendo cómo puedes decir eso. Has salido con muchas mujeres.

–Ninguna de las cuales me amaba.

–Bueno, tu madre te amaba. Y tu padre, ¿no? Y Mitch te quiere.

Lance se encogió de hombros. Los sentimientos que compartía con su hermano no encajaban dentro del patrón de lo que él consideraba amor. El suyo era sólo un vínculo entre hermanos, forjado a fuego lento desde su crianza.

–No lo sé. Lo que hay entre Mitch y yo no es como cuando tú me dices que me amas.

–¿Por qué no? –quiso saber ella.

–Porque yo quiero que me ames. Me siento bien así, Kate. Una parte de mí piensa que me perteneces. Me equivoque o no, es así como lo siento.

–¿Que te pertenezco?

Lance asintió. ¿Qué haría si ella decidiera romper su relación?, se preguntó él. Acababa de decirle que era suya. Y lo era. Y eso era lo más que era capaz de sentir por una mujer.

–Me gusta pensar que soy tuya, Lance. Pero me siento confundida.

–Me doy cuenta de ello. ¿Qué necesitarías para aclararte?

–Sigues comprometido con Lexi.

–Voy a romper ese compromiso, Kate. No puedo casarme con otra mujer mientras esté contigo.

En ese momento, Lance se dio cuenta de que estaba dispuesto a hacer cualquier cosa que Kate le pidiera, si estaba en sus manos. Quería resolver todos los problemas de su relación. Ya era hora de que eligiera su camino como un hombre adulto, se dijo.

Y todo señalaba a Kate como compañera.

–Me parece que voy a necesitar algún tiempo para pensarlo –dijo ella–. Me siento como si te hubiera amado desde siempre y, tal vez, ha llegado el momento de pensar lo que eso significa para mí… y para ti.

A Lance no le gustó cómo sonaba aquello. Pero no estaba dispuesto a suplicarle su afecto. Había presenciado demasiadas peleas entre sus padres por lo mismo.

–No me gustan estos juegos, Kate. Si quieres estar conmigo, si me amas, entonces creo que puedes esforzarte un poco en mantener a flote nuestra relación.

Kate se cruzó de brazos. Miró a Lance y él supo que había hecho el comentario equivocado.

–Llevo amándote mucho tiempo, Lance Brody, y tú ni siquiera te habías fijado en que estaba viva. Así que haz lo que tengas que hacer. A mí tampoco me gusta jugar con estas cosas. Sólo quiero pensar en mi bien. Y no me gusta que me presiones.

–No te presiono.

Debía haber adivinado que el amor de Kate no era real, pensó Lance. Lo más probable era que ella lo confundiera con la sexualidad y con el hecho de que él había sido el primer hombre que la había hecho sentirse mujer.

Kate negó con la cabeza.

–No te acuso de nada –señaló ella–. Lo único que pasa es que necesito tiempo. Y tú debes romper tu compromiso con Lexi. No voy a dejar de amarte de la noche a la mañana, Lance.

–Bueno, no estoy tan seguro de eso. Parece que tienes una lista de cosas que quieres que yo haga para ganarme tu amor –le espetó Lance, se puso en pie y se dirigió a la puerta–. Creo que no has cambiado tanto como crees, porque sigues parándote en la cuneta de la vida, esperando de brazos cruzados a que las cosas sucedan sin más.

***

Kate observó cómo Lance se iba y se forzó a no llamarlo. Pero él le había mentido. Seguía comprometido con otra mujer. Y, peor aún, no la amaba.

Cerró la puerta y se dirigió al silencioso salón. Se detuvo ante los restos de la cena.

No le era posible entender cómo un hombre podía ser tan perfecto como para enamorarla hasta la médula y, al mismo tiempo, cómo podía decepcionarla tanto.

Kate no sabía si se estaba engañando a sí misma, sin embargo, no era capaz de creer que no le importara a Lance, aunque sólo fuera un poco. A pesar de que él no lo considerara amor.

El teléfono fijo sonó y Kate miró el identificador de llamadas antes de responder.

—Hola, Lance.

—Escucha, Kate. No estoy seguro de qué he dicho en tu casa para que las cosas se liaran tanto. Pero no quiero que nuestra relación termine.

Kate tampoco quería. Pero, al mirar a su alrededor en su solitario hogar, supo que las cosas no podían continuar como hasta entonces. El compromiso de Lance le había servido de acicate para entrar en acción y había una razón para ello. La razón por la que había decidido cambiar su vida era que no estaba satisfecha con ella. Porque sabía que ningún hombre, y menos Lance, iba a enamorarse de ella si no cambiaba.

–No puedo seguir con esto. Tengo que pensar.

–¿Seguir con qué?

–Hablando contigo. Porque aceptaré cualquier cosa que me propongas y eso no es sano. Para ninguno de los dos. Dijiste que no sabías lo que es el amor, que no lo habías experimentado antes y sé a qué te referías.

–¿A qué?

Lance se había referido a que nunca había estado con ninguna persona como ella en su vida, una mujer tan enamorada de él que se había conformado con las migajas que él le había lanzado, caviló Kate. Pero las cosas iban a cambiar. Ella tenía su orgullo… y se merecía algo mejor.

–Querías decir que hago bien en seguir amándote –dijo ella.

–Más que bien.

–¿Por qué? ¿Tú me amas?

Lance titubeó y eso le sirvió a ella de respuesta.

–Maldición, Kate. No sé qué decir. Quiero estar contigo como nunca he querido estar con ninguna otra mujer.

Eso no importaba, pensó Kate. Su apariencia física podía cambiar, empeorar. ¿Y entonces él ya no querría estar con ella?

–No es suficiente.

–Es un comienzo.

–Sí, supongo que sí. Pero quiero que el hombre que yo ame me corresponda. Quiero que necesites estar conmigo del mismo modo que yo necesito estar contigo.

–Katie, pequeña, estás haciendo las cosas más difíciles de lo que son. Deja que vuelva a tu casa y te pruebe que te necesito tanto como tú a mí.

Kate tuvo la tentación de aceptar. Casi lo hizo pero, entonces, se recordó que el sexo no debía confundirse con el amor. Para Lance, el sexo era sólo sexo, por muy maravilloso que fuera, se dijo.

–No me refiero a hacer el amor, Lance.

–Hacer el amor, tú misma lo has dicho. Es la expresión de nuestros sentimientos.

–¿Nuestros? ¿Tú me amas?

–Diablos, chica. Acabo de decirte que no lo sé.

–Lo sé. Estaba presionándote y lo siento. Pero no sé qué otra cosa puedo hacer. Me rompiste el corazón cuando anunciaste tu boda con otra mujer. Y esta noche he descubierto que sigues prometido.

Se estaba repitiendo, pensó Kate, así que era mejor dejar de hablar. Sin embargo, sabía que había revelado una verdad importante. No podía seguir amándolo. No cuando había descubierto que él no la amaba. Y menos aún después de saber que seguía comprometido con Lexi.

–No voy a casarme con Lexi Cavanaugh, Kate. No puedo casarme con otra si estoy contigo.

–Bien. Eso me hace sentir mejor. Pero, hasta que no resolváis las cosas, prefiero que mantengamos las distancias.

–¿Por qué?

Kate lo pensó un momento. Se había marchado de la oficina sintiéndose avergonzada y no le gustaba esa sensación. Pero, por encima de eso, sabía que la verdadera razón era que no estaba segura de que Lance fuera suyo.

Necesitaba estar segura. Si lo estuviera, entonces todo lo que hicieran juntos estaría motivado por el amor y eso bastaría para ella.

–Tengo que hacerlo. Lo siento.

La línea telefónica se quedó en silencio un momento y Kate se preguntó qué estaría Lance pensando. Por mucho que lo conociera, él seguía siendo un enigma para ella.

Entonces, Kate se dio cuenta de que lo más probable era que siempre lo fuera. Eso había sido, en parte, lo que la había enamorado de él. Los ojos de Lance Brody escondían dolor y secretos que la habían atraído desde el principio.

Kate tuvo la sensación de que, hiciera lo que hiciera, nunca iba a dejar de amarlo.

–Adiós, Lance.

Él maldijo para sus adentros.

–¿Vas a dejar Petróleos Brody, además de dejarme a mí?

–Sí. No volveré a la oficina nunca más. De hecho, pienso irme de Houston.

–Hazlo. Huye si crees que eso te ayudará. Pero, si te soy sincero, no creo que te ayude.

–¿Tú cómo lo sabes?

Kate no pensaba que Lance hubiera huido nunca de nada.

–Mi madre lo hizo y no creo que fuera más feliz después de dejarnos.

Él colgó antes de que Kate pudiera decir nada más. Entonces, ella se dio cuenta de que había herido a Lance más de lo que había imaginado. Pero debía pensar en sí misma. Debía cuidar su propio corazón, que estaba hecho pedazos.

Capítulo Diez

Pensando que había sido un día horrible, Lance marcó el número de Lexi. Le respondió el buzón de voz y, aunque estuvo tentado, no quiso romper su compromiso en un mensaje, así que sólo le pidió que le devolviera la llamada.

No quería regresar a su casa, ni a la oficina. Ambos lugares estaban invadidos por recuerdos de Kate. Así que condujo hasta el Club de Ganaderos de Texas. Emborracharse con sus amigos era justo lo que necesitaba.

Le dio las llaves al guardacoches y entró directo a la sala de juegos. Necesitaba tomar algo y un poco de tiempo para pensar.

Su teléfono móvil sonó justo cuando se había colocado ante la barra y había pedido un whisky.

Era el prefijo de Virginia. Sólo podía ser Lexi.

–Brody al habla –dijo él.

–Soy Lexi. He recibido tu mensaje. ¿De qué querías hablarme?

Lance tomó un trago de su bebida y se sentó en uno de los taburetes de cuero.

–Quería hablarte de nuestro compromiso.

–Bien. Mi padre me preguntó esta mañana cómo íbamos y le dije que no habíamos hablado todavía de los preparativos. Tampoco hemos hablado de fechas, pero yo creo que, cuanto antes, mejor.

Lance se sintió como un bruto. No había otra palabra para describirlo. Pero no podía cometer el mismo error que había cometido su padre. Casarse con su madre había arruinado la vida del viejo. Y, tal vez, había provocado que volcara toda su furia contra sus hijos.

–Lexi… no sé cómo decirlo.

–¿Decir qué? –preguntó ella–. He estado en una imprenta esta mañana y he visto unas invitaciones preciosas. He pedido que te manden una copia para que me digas si te parecen bien o no.

Las cosas iban empeorando por momentos, pensó Lance y respiró hondo.

–Lexi, no puedo casarme contigo.

–¿Qué?

–Lo siento. Pero estoy saliendo con otra mujer y... –comenzó a explicar Lance y se quedó paralizado al darse cuenta de lo que había estado a punto de decir. Amaba a Kate. Diablos. La amaba. De pronto, todas sus dudas se desvanecieron y supo por qué no podía dejar que Kate se fuera.

Por amor.

El único sentimiento que no había experimentado nunca, hasta estar con Kate. Por eso, nada le había parecido bien después de dejarla en su casa. Pero Kate era la primera persona a quien debía decir aquellas palabras.

–No puedo casarme contigo mientras sienta lo que siento por otra persona.

–¿Quién es ella?

–Kate Thornton.

–Tu secretaria. Lance, por favor, los hombres de nuestra clase no se casan con sus secretarias.

–No me importa. Kate es la mujer que no puedo sacarme de la cabeza y sólo conseguiría que todos fuéramos infelices si continuara con esta farsa y me casara contigo.

Lexi se quedó en silencio. Lance sabía que aquél no era el mejor modo de dar una noticia como ésa. Debería llamar a Mitch y pedirle que fuera a ver a Lexi para asegurarse de que estaba bien, pensó.

–Lo siento mucho.

–Yo también. Mi padre de veras quería este matrimonio.

–Lo sé. Y si eso significa que no nos apoye en la ampliación de nuestras operaciones, tendremos que encontrar otra manera de hacerlo. Lo único que sé es que no quiero condenarnos a ninguno de los dos a una existencia miserable.

Lance dio otro trago a su bebida y, entonces, se dio cuenta de lo cierto que era lo que había dicho. La felicidad era importante para él. Llevaba toda la vida persiguiéndola y sabía que no iba a encontrarla a menos que Kate estuviera a su lado.

–Supongo que no hay nada más que decir –señaló Lexi.

–Lo siento. Pero creo que algún día me lo agradecerás.

–Por favor, no digas eso. No es la clase de cosa de la que vaya a recuperarme fácilmente.

–No sabía que yo te importara –admitió Lance.

–Bueno, no habría aceptado casarme contigo si no me importaras.

–Lexi...

–Estoy siendo cruel. Eres un extraño para mí, igual que yo lo soy para ti –admitió Lexi–. No te culpo por romper nuestro enlace.

Lexi colgó y Lance se quedó allí sentado, sintiéndose vacío. Su vida había estado vacía durante demasiado tiempo. Sin embargo, había descubierto cómo llenarla.

Kate era la respuesta. Pero, antes de que pudiera ir a buscarla, debía hacerse cargo de Lexi y asegurarse de que Mitch hablara con el senador.

Lance marcó el número de su hermano, que acababa de regresar de Washington D. C. Sabía que a su hermano no iba a gustarle nada la noticia.

–Mitch al habla.

–He roto mi compromiso con Lexi Cavanaugh –le espetó Lance.

–¿Qué? ¿Por qué?

–No podía casarme con ella sintiendo lo que siento por Kate.

–¿Kate? ¿Desde cuándo te importa Kate? –preguntó Mitch–. ¿Se lo has dicho a Lexi?

–Acabo de llamarla y pareció disgustada. Escucha, sé que he complicado las cosas con el senador, pero creo que amo a Kate y no puedo dejarla escapar.

–Esto complica las cosas demasiado. Maldición. Ojalá hubieras hablado conmigo antes de llamar a Lexi.

–Lo siento.

–Más te vale sentirlo. No tengo ni idea de cómo voy a arreglar esto. Necesitamos que el senador esté de nuestro lado –dijo Mitch.

–Si alguien puede pensar un modo de solucionar las cosas, ése eres tú.

–Lo pensaré. ¿Amas a Kate? –preguntó Mitch.

–Sí –afirmó Lance y, enseguida, se dio cuenta de que no había podido esperar para decírselo a Kate antes que a nadie–. Maldición, quería que ella fuera la primera en escucharlo.

–Bueno, ¿y a qué estás esperando? Ve a decírselo.

Lance condujo hasta casa de Kate, sintiéndose nervioso. No tenía ni idea de qué iba a decir. Por una vez en la vida, no sabía cómo manejar una situación. No estaba acostumbrado a sentirse así. Y también era una situación nueva para Kate. Al menos, estaba seguro de una cosa: iba a obligarla a escucharlo.

Cuando llegó a casa de Kate, la encontró vacía. El coche de ella no estaba. ¿Dónde estaría?

Lance buscó a Kate todo lo que pudo, hasta que se dio cuenta de que necesitaba la ayuda de un profesional. Llamó a Darius a la mañana siguiente, a las diez, desde su despacho. Se sentía incapaz de quedarse quieto. Tampoco podía dejar de pensar en Kate cuando habían estado haciendo el amor la noche anterior. Nunca había creído que una mujer pudiera satisfacerlo en todos los aspectos.

–Soy Lance.

–Hola. No tengo novedades sobre el incendio –dijo Darius.

Lance oyó el sonido de una radio al otro lado de la línea.

–No te llamo por eso. Necesito un favor.

–¿Otro? Se te están acumulando. Vas a estar en deuda conmigo.

–Sí, lo sé. Pero éste es importante.

–¿Qué necesitas?

Lance respiró hondo.

–Kate Thornton ha desaparecido y necesito que la encuentres.

–De acuerdo. ¿Has avisado a la policía?

–No. No creo que haya sido un secuestro. Sólo quiero encontrarla porque no responde a mis llamadas.

Darius empezó a reírse.

–Tienes problemas de faldas.

–Sí, Darius, así es. Y esta mujer… tengo que encontrarla. Ella es diferente a las demás.

–¿En serio?

–Sí.

–De acuerdo, te ayudaré. Dame su número de móvil.

Lance se lo dio.

–¿Has intentado hablar con sus amigos o su familia?

–Llamé a Becca Huntington, su mejor amiga, pero me respondió el contestador. Y sus padres no saben nada de ella.

Lance miró por la ventana de su despacho, preguntándose dónde diablos estaría Kate. La necesitaba y ella no estaba allí. Iba a reprenderla por hacerle sufrir en cuanto la tuviera entre sus brazos, se dijo.

El amor debería significar que podían contar el uno con el otro. Lance sabía que estaba dolida y que por eso se había ido, pero necesitaba que regresara.

–Dame un poco de tiempo y volveré a llamarte.

–Gracias, Darius.

–De nada, hombre.

Darius colgó y Lance siguió dando vueltas dentro de su despacho como un león enjaulado. Debería trabajar, se dijo. El trabajo siempre había sido su consuelo para luchar contra las complicaciones de la vida, pero, en esa ocasión, no era capaz de concentrarse. Sólo podía pensar en Kate.

Lance la recordó como la había visto al regresar de Washington D. C., con sus gafas de pasta y una ropa demasiado grande y poco favorecedora. Luego, la recordó con minifalda y la blusa sin mangas que había llevado el día anterior y se dio cuenta de que Kate le había importado desde hacía mucho tiempo. Lo que había pasado era que él no había prestado atención a sus propios sentimientos.

Su teléfono sonó a media mañana. Era Darius.

—La he encontrado.

—Genial. Dime dónde está.

—Creo que necesitas un plan —replicó Darius—. ¿Qué vas a hacer cuando la veas?

—Decirle que no puede volver a irse y que es mía.

—Es un plan horrible —opinó Darius—. Las mujeres adoran los refinamientos. Quédate en tu despacho. Voy para allá.

Darius colgó antes de que Lance pudiera discutirlo. Mitch entró en su despacho diez minutos después.

—¿Qué estás haciendo? —preguntó Mitch.

Lance no había dejado de dar vueltas en su despacho desde que había colgado a Darius.

—Esperando a Darius. Ha encontrado a Kate, pero Darius cree… Tiene razón, necesito un plan.

Lance sabía que sólo podía hacer una cosa. Amaba a Kate y quería que fuera su esposa.

—Voy a decirle que nos casemos.

—Tiene sentido —dijo Mitch, asintiendo—. Pero creo que, esta vez, debes hacerlo bien. Kate te ha amado desde siempre.

—¿Cómo lo sabes?

—Todo el mundo lo sabe. Creo que tú eres

la razón de que se quedara con nosotros tantos años. Siempre has sido el hombre de sus sueños –señaló Mitch.

–¿Ah, sí? –replicó Lance. Debía haberlo sabido, se dijo. No era de extrañar que Kate hubiera reaccionado así al conocer su compromiso con otra mujer–. Quiero que nuestro enlace esté a la altura de sus sueños.

–¿Tú sabes cuáles son sus sueños?

Lance no lo sabía. Pero sabía que a Kate le gustaban los gestos románticos. Entonces, se le ocurrió una idea. Iba a pedirle que se casara con él durante una cena en el comedor principal del Club de Ganaderos de Texas. Podía encargar que adornaran la mesa con velas y flores para que fuera lo más romántico posible.

Quería que Kate supiera, desde el momento en que entrara en el comedor, que la amaba. Quería que ella sintiera que todos los años que había pasado amándolo habían merecido la pena.

Porque para él, sin duda, habían valido la pena.

–¿Me haces un favor? –pidió Lance a su hermano.

–Otro favor más –dijo Darius desde la puerta–. Más te vale que no te pidamos que nos los devuelvas todos juntos.

–Me alegro de que estés aquí, Darius –saludó Lance–. ¿Qué dices, Mitch?

–Claro, si puedo ayudarte en algo.

–Genial. Esto es lo que necesito que hagas.

Lance les contó su plan a su hermano y a su mejor amigo, sabiendo que ésa era la manera en que un hombre debía pedirle a una mujer que se casara con él. Debía tener a sus amigos y a su familia a su lado y no hacerlo a solas en una habitación de hotel en una ciudad extraña.

Mitch aceptó ir a buscar a Kate y llevarla al Club de Ganaderos de Texas. Darius se ocupó de ir a buscar el anillo que Lance había encargado en una joyería del centro. Y Lance se fue al club para asegurarse de que todos los detalles estuvieran según los había planeado cuando Kate llegara.

Kate salió del gimnasio del Ritz y agarró una botella de agua antes de dirigirse al ascensor. Necesitaba alejarse, pero ir a casa de sus padres no le había parecido buena idea. No tenía ganas de viajar a ningún sitio, así que había hecho la maleta y se había ido a un hotel.

Allí, podía sentirse mimada, pedir servicio de habitaciones y olvidarse de Lance Brody... aunque lo último no estaba funcionando. En absoluto. Esa mañana se había despertado echándolo de menos.

Kate no había podido dormir al no sentir el pecho de él a su lado ni el latido de su corazón. Se preguntó si habría cometido el mayor error de su vida al dejarlo.

Sin embargo, al mismo tiempo, sabía que su relación no tendría ningún futuro si ella no se mantenía firme.

Así que allí estaba, manteniéndose firme. Y sola.

Estar sola no era problema para ella, pero sentirse sola sí lo era. Se sentía perdida y no sabía quién era ni qué quería.

Kate esperó al ascensor, mientras se sentía más fuera de lugar que nunca. Y no era el opulento entorno lo que la hacía sentirse así. Eran sus propios sentimientos.

Lance había ocupado sus pensamientos durante mucho tiempo, había sido una parte muy importante de su vida y siempre lo sería, pensó. Su vida no tenía sentido sin amar a Lance. Y eso era parte del problema. Sobreponerse iba a llevarle más de una semana. Si era que podía conseguirlo alguna vez.

El ascensor llegó y Kate entró y pulsó el botón de la planta dos. Cuando las puertas se abrieron, salió y vio a un hombre en el pasillo, ante la puerta de su habitación.

De espaldas, tenía la misma complexión que Lance y Kate se quedó un momento sin respiración, pensando que podía ser él. Pero enseguida se dio cuenta de que era imposible. Lance no sabía dónde estaba.

Al acercarse, Kate reconoció a Mitch. Él estaba hablando por teléfono y levantó la vista al oírla.

Mitch colgó y se guardó el móvil en el bolsillo.

—Apuesto a que te estás preguntando qué hago aquí.

—Sí.

—¿Podemos hablar en tu habitación?

Kate asintió y abrió la puerta, dejándolo pasar. Mitch se sentó en una de las sillas y ella se sentó en la cama.

—Lance me pidió que viniera.

–¿Por qué?

–Necesita verte.

–Y no podía venir él mismo –dijo Kate–. Siempre eres el emisario de tu hermano –añadió.

Sin embargo, Kate se sentía eufórica. Al menos, Lance había dado un paso para intentar salvar su relación.

–Lo sé y creo que es hora de dejar de hablar por él –replicó Mitch–. Tengo mucho trabajo que hacer en Washington D. C. para arreglar el lío que Lance ha causado al romper su compromiso.

Kate se mordió el labio inferior.

–Lo siento, Mitch.

–No lo sientas –replicó Mitch, moviendo la cabeza–. Lance siempre ha sido el hombre de tus sueños.

Kate se encogió de hombros.

–Ya no estoy tan segura –dijo ella–. Ya no sé qué pensar.

–Por eso me ha enviado Lance. Quiere hablar contigo cara a cara y, como no respondes a sus llamadas, ha pensado que es mejor que recibas la invitación de mí en persona, en vez de a través del contestador.

–No pretendía portarme como una niña –explicó Kate–. Sólo necesitaba tiempo para pensar. No sé si puedes entenderlo, Mitch, pero cuando amas a alguien como yo amo a Lance, te sientes muy vulnerable.

–Dale a Lance la oportunidad de arreglar las cosas –sugirió Mitch–. Sea lo que sea lo que causó vuestra ruptura, sé que tiene la intención de solucionarlo.

–No estoy segura de que pueda. Yo quiero cosas de él... supongo que no tienes por qué saberlo.

–No. Pero si necesitas hablar, adelante.

Kate negó con la cabeza. No necesitaba hablar con nadie que no fuera Lance.

–¿Dónde está?

–En el Club de Ganaderos de Texas, en Somerset. Estás invitada a cenar con él en el comedor principal.

–De acuerdo. Pero no sé dónde está el club.

Mitch se rió.

–Yo voy a llevarte hasta allí –señaló Mitch.

–No hace falta, de verdad. Puedo ir sola. Sólo dime dónde está.

–¿Estás segura?

Kate asintió.

—¿A qué hora tengo que estar allí?
—A las seis.

Mitch se marchó y Kate se dio una ducha. Se arregló y se tomó su tiempo en peinarse y maquillarse. No tenía ningún vestido de noche, pero llamó a la boutique del hotel y arregló el problema en un momento. Se compró un precioso vestido de cóctel y unos zapatos de tacón muy sexys.

Y, al mirarse en el espejo, Kate se dio cuenta de que, por primera vez, la mujer que llevaba en su interior concordaba con la imagen de sí misma que daba al exterior. Al margen de lo que Lance le dijera esa noche, al fin se sentía en paz consigo misma.

Capítulo Once

Kate le entregó las llaves al guardacoches del Club de Ganaderos de Texas y siguió sus indicaciones hacia la entrada principal.

Despacio, subió las escaleras, sintiendo la brisa cálida de la noche de verano y notando cómo el cabello le rozaba la espalda desnuda. Un portero le abrió la puerta al verla llegar y ella le sonrió para darle las gracias.

–Buenas noches, señora. ¿Puedo ayudarla?

–He venido a cenar con Lance Brody.

–Claro. Es por aquí.

El portero la guió por el pasillo izquierdo de la antesala y se detuvo a los pies de unas escaleras. El Club de Ganaderos de Texas era una gran mansión señorial reformada y, aunque Kate había oído hablar de él antes, ésa era la primera vez que estaba allí.

Kate se dio cuenta de que había un camino de pétalos de rosa sobre las escaleras.

–Siga los pétalos, señora.

Eso hizo, agarrándose a la barandilla mientras subía. Se quedó sin habla al pensar en todo el esfuerzo que Lance había hecho para planificar aquello. Y tuvo la intuición de que no iba a ser capaz de alejarse de él nunca más.

Cuando llegó a lo alto de las escaleras, Kate vio que Darius la estaba esperando.

–Hola, Kate. Estás muy guapa esta noche.

–Hola, Darius. ¿Qué estás haciendo aquí?

–Otro favor para Lance. Ese hombre va a deberme la vida como siga así.

Darius le ofreció el brazo y la escoltó hasta el comedor. La sala estaba iluminada sólo con velas y había flores frescas en todas las mesas. La condujo hasta la mesa central, que estaba puesta para la cena. La ayudó a sentarse.

–Lance estará aquí dentro de unos minutos. Quería que te diera esto.

Darius le tendió un sobre blanco a Kate. Su nombre estaba escrito en la parte delantera, con la letra de Lance.

Darius se alejó mientras ella deslizaba el dedo por detrás de la solapa del sobre, para abrirlo. Sacó una tarjeta que tenía una foto de ambos, tomada en la fiesta del Cuatro de Julio.

Iba acompañada de un sencillo mensaje:

Te pido disculpas. Tu amor es un regalo precioso y es una bendición para mí.

Kate dejó la tarjeta y se giró, al mismo tiempo que Lance se acercaba. Llevaba un traje de chaqueta y estaba muy atractivo, tan sexy que a Kate se le saltaron las lágrimas porque sabía que Lance Brody era su hombre, que le pertenecía.
–Hola, Kate.
–Gracias por la tarjeta –dijo ella.
–De nada. Siento que las cosas se me escaparan de las manos la otra noche.
Kate negó con la cabeza.
–No pasa nada. Creo que yo esperaba que sintieras lo mismo que yo siento por ti desde hace tanto tiempo. Pero sé que estaba pidiendo demasiado.
Lance le tendió la mano y la ayudó a levantarse. La besó en los labios con suavidad.
–No, no estabas pidiendo demasiado.
Entonces, la abrazó y le susurró al oído:
–Te amo, Kate Thornton. No sé cómo he tardado tanto en darme cuenta. Pero no puedo vivir sin ti a mi lado.

Kate se apartó un poco para mirarlo a los ojos. Necesitaba estar segura de que él creía lo que decía y vio que el amor se reflejaba en su mirada. Sin pensarlo, lo abrazó con fuerza y cerró los ojos, temiendo que todo fuera un sueño.

Pero los brazos de Lance, rodeándola, eran sólidos y reales y su aroma impregnaba todo el aire que ella respiraba.

–Siéntate, Kate.

Kate se sentó y Lance se puso de rodillas a su lado. Tomó las manos de ella entre las suyas y se las llevó a los labios para besarlas.

–¿Quieres casarte conmigo, Kate?

Kate lo miró durante un segundo.

–¡Sí! –exclamó ella.

Kate se puso en pie y Lance también. Ella se lanzó a sus brazos y lo abrazó con fuerza, había encontrado al hombre de sus sueños.

Mitch y Darius los felicitaron y Lance afirmó que no quería esperar ni un día más para casarse con ella. Quería ir en su jet privado a Las Vegas y contraer matrimonio esa misma noche.

–No puedo casarme sin mi mejor amiga –dijo Kate.

–Por eso la he llamado. ¿Becca?

Becca entró en el salón, sonriente.

–Incluso he invitado a tus padres.

Como Lance había pensado en todo, lo único que Kate pudo hacer fue decir que sí.

Lance estaba de pie en la capilla del Hotel Bellagio, esperando a la novia. Su hermano estaba junto a él y su mejor amigo se hallaba sentado al lado de los padres de Kate.

Se sentía rebosante de felicidad y de amor por Kate y estaba seguro de que aquello era lo correcto. Y sabía, sin ninguna duda, que había elegido a la mujer adecuada.

El sacerdote sonrió a Lance y él tuvo la sensación de que todo era como debía ser, un sentimiento que había echado de menos desde hacía mucho tiempo. Mitch y él habían sido afortunados en los negocios, pero aquélla era la primera vez que él era afortunado en el amor.

La música comenzó a sonar y Darius y los padres de Kate se pusieron en pie. Becca Huntington entró primero. Cuando fue el turno de Kate, Lance se quedó sin respiración.

Estaba hermosísima e iba a ser su esposa, pensó Lance.

Kate caminó despacio hacia él y Lance sólo

tenía ojos para ella. El sacerdote leyó lo acostumbrado durante la ceremonia, pero Lance no lo escuchó. Lo único que quería era que llegara al final para poder besar a la novia y saber que sería suya para siempre.

Ambos intercambiaron sus juramentos.

–Ahora, os declaro marido y mujer –dijo el sacerdote–. Puedes besar a la novia.

Lance miró a Kate y percibió sus ojos radiantes de amor. Con ese beso, Lance quiso demostrarle lo feliz que era y lo mucho que aquella noche significaba para él.

Darius y Mitch aplaudieron.

–Te amo, señora de Lance Brody –dijo Lance.

Kate lo miró, emocionada.

–Era sólo cuestión de tiempo –repuso ella, y lo atrajo a su lado para besarlo de nuevo.

En el Deseo titulado
Mentiras piadosas, de Brenda Jackson,
podrás continuar la serie
MAGNATES

Deseo

Miedo de amar

KATE HARDY

Karim al-Hassan podría tener a cualquier mujer que quisiera. Una noche, la bella camarera Lily Finch consiguió atraer su atención. Una simple mirada los llevó a compartir un apasionado beso que ninguno de los dos podría olvidar.

Pero Lily no era sólo una camarera. Era una mujer de éxito con su propia empresa, que vivía completamente entregada a su trabajo. Después de un matrimonio fallido, no quería volver a mezclar los negocios con el placer. Hasta que Karim consiguió que olvidara sus normas.

Él sólo tenía la intención de vivir un apasionado y breve romance.

¡YA EN TU PUNTO DE VENTA!

Acepte 2 de nuestras mejores novelas de amor GRATIS

¡Y reciba un regalo sorpresa!

Oferta especial de tiempo limitado

**Rellene el cupón y envíelo a
Harlequin Reader Service®**
3010 Walden Ave.
P.O. Box 1867
Buffalo, N.Y. 14240-1867

¡Sí! Por favor, envíenme 2 novelas de amor de Harlequin (1 Bianca® y 1 Deseo®) gratis, más el regalo sorpresa. Luego remítanme 4 novelas nuevas todos los meses, las cuales recibiré mucho antes de que aparezcan en librerías, y factúrenme al bajo precio de $3,24 cada una, más $0,25 por envío e impuesto de ventas, si corresponde*. Este es el precio total, y es un ahorro de casi el 20% sobre el precio de portada. !Una oferta excelente! Entiendo que el hecho de aceptar estos libros y el regalo no me obliga en forma alguna a la compra de libros adicionales. Y también que puedo devolver cualquier envío y cancelar en cualquier momento. Aún si decido no comprar ningún otro libro de Harlequin, los 2 libros gratis y el regalo sorpresa son míos para siempre.

416 LBN DU7N

Nombre y apellido	(Por favor, letra de molde)	
Dirección	Apartamento No.	
Ciudad	Estado	Zona postal

Esta oferta se limita a un pedido por hogar y no está disponible para los subscriptores actuales de Deseo® y Bianca®.
*Los términos y precios quedan sujetos a cambios sin aviso previo.
Impuestos de ventas aplican en N.Y.

SPN-03 ©2003 Harlequin Enterprises Limited

Bianca

***Ella quiere ser independiente…
él quiere una buena esposa***

Loukas Andreou es un hombre de gran éxito en los negocios y… según las malas lenguas, también en la cama. Es el hombre con quien Alesha Karsouli debe casarse según una cláusula del testamento de su padre.

De mala gana, Alesha accede a firmar el contrato matrimonial, siempre y cuando su unión se limite al aspecto social de sus vidas, no al privado. Pero pronto se da cuenta de que ha sido muy ingenua…

Loukas necesita una esposa que se muestre cariñosa en público. Sin embargo, según él, la única forma de conferir autenticidad a su relación en situaciones sociales es intimar en privado…

Boda con el magnate griego

Helen Bianchin

¡YA EN TU PUNTO DE VENTA!

Deseo™

Más que un millonario

EMILIE ROSE

Una confusión en la clínica supuso que la mujer equivocada se quedara embarazada. Ryan iba a hacer lo que fuera para reclamar lo que era suyo. Sobre todo tras descubrir que Nicole Hightower, la encantadora heredera de una compañía aérea, no estaba dispuesta a entregarle su futuro hijo tan fácilmente. No sabía si había alguna manera en la que pudiera tener a ambos... sin realizar promesas que jamás podría cumplir.

¿Matrimonio? No, sólo quería un hijo para cumplir su sueño.

¡YA EN TU PUNTO DE VENTA!